Sirtfood Diät Kochbuch

Die 150 besten und leckersten Rezepte zum einfachen Abnehmen mit Sirtfood.

Gesunde Gerichte für jede Tageszeit inkl. 30 Tage Sirtuin Ernährungsplan + Nährwertangaben

2. Auflage

ISBN: 9798595691055

Inhaltsverzeichnis

Fleischgerichte 92

Fisch 117

Was ist die Sirtfood-Diät und wie funktioniert sie?

In dieser Diät, die von den Ernährungswissenschaftlern Aidan Goggins und Glen Matten entwickelt wurde, dreht sich alles um ganz bestimmte Proteine, die auf den klangvollen Namen „Sirtuine“ hören. Von ihnen hat die Diät auch ihren Namen: Sirtfood-Diät. Ihre Grundlage bildet die wissenschaftliche Erkenntnis, dass gewisse pflanzliche Substanzen die Aktivität der körpereigenen Sirtuine ebenso sehr ankurbeln wie das Fasten. Man verliert Gewicht, dieser Effekt wird genau wie beim Fasten vor allem durch ein Kaloriendefizit ausgelöst. Das Besondere an dieser Diät ist die Tatsache, dass auf nichts verzichten werden muss. Sogar Lebensmittel wie Rotwein oder Schokolade sind erlaubt. Trotzdem ist Vorsicht geboten, denn wie so oft gilt: Alles in Maßen. Denn natürlich ist es nicht möglich, den täglichen Sirtuinbedarf ausschließlich durch den Verzehr von Rotwein oder Schokolade zu decken. Sie sind eher als Ergänzung zum Speiseplan gedacht. Wichtig ist die richtige Kombination von gesunden Lebensmitteln, dann darf zwischendurch auch mal genascht werden.

Als Sirtuinaktivatoren gelten sekundäre Pflanzenstoffe. Das sind beispielsweise Allicin, das dem Knoblauch seinen unnachahmlichen Geschmack verleiht, Curcurmin, das dem Curry die intensive gelbe Farbe gibt und Capsaicin, das für die Schärfe des Chili verantwortlich ist, aber auch in Paprika vorkommt. Eine langfristige, an Sirtuinen reiche Ernährung bringt viele positive Effekte für die Gesundheit mit sich. Sie soll einen zwar langsamen, aber dafür nachhaltigen Gewichtsverlust bewirken. Vor allem in der Anfangsphase werden Sie schnell an Gewicht verlieren. Das liegt daran, dass man in der ersten Woche in erster Linie Säfte zu sich nimmt, mehr dazu später.

Sirtuine und ihre Wirkung im Körper

Sirtuine sind bestimmte Proteine, und damit zählen sie zu den Eiweißen. Entdeckt wurden sie erstmals von David Sinclair, und zwar in Hefepilzen. Er fand das Sir2-Gen, das etwas später als Teil der Enzymgruppe der Sirtuine bekannt wurde. Die Sirtuine regulieren im Allgemeinen den Stoffwechsel bei Nahrungsknappheit. Kurz nachdem Sinclair die Proteine in Hefepilzen nachgewiesen hatte, konnten sie auch in Lebewesen nachgewiesen werden, in Insekten, Würmern Säugetieren, Menschen und Bakterien. Der Mensch hat beispielsweise sieben dieser Enzyme, die Hefe vier.

Sirtuine aktivieren besonders die Muskelstammzellen. Hierbei werden die Muskeln gestresst, was in der Diät durch die reduzierte Kalorienzufuhr zu einem Energiemangel führt. Anschließend springen die Reparaturmechanismen des Körpers an und neue Muskelmasse kann entstehen. Durch die erhöhte Muskelmasse wird im Ruhezustand mehr Energie verbraucht. Hat der Körper ein Kaloriendefizit, werden die Sirtuine aktiviert und der Körper wird in eine Art Überlebensmodus versetzt. Dadurch werden die Zellen einem umfangreichen Reparaturprogramm unterzogen. Hierbei kommt es beispielsweise zur Behebung von DNA-Schäden.

Die Wirkung der Sirtuine basiert vor allem auch auf dem Schutzmechanismus der Pflanzen. Pflanzen können – im Gegensatz zu Menschen – Gefahren wie UV-Strahlungen, Kälte oder Fressfeinden nicht einfach entrinnen, indem sie vor ihnen weglaufen. Stattdessen produzieren sie verschiedene Stoffe, die sie schützen sollen. So bilden zum Beispiel Trauben Reservatrol oder Tomaten Lycopin, um sich zu schützen. Diese Eigenschaften können sich Menschen zu eigen machen, indem sie die Stoffe essen. Durch den Verzehr wird im Körper eine Art Stress ausgelöst. Die Reaktion des Körpers auf diese Form von Stress ist die Aktivierung von antioxidativen Abwehrsystemen.

Vorteile der Sirtfood-Diät

1. Anregung des Stoffwechsels
2. Schutz vor Zellschäden
3. Entschleunigung des Alterungsprozesses → lebensverlängernde Wirkung
4. Vorbeugung von Heißhungerattacken
5. Unterstützung beim Muskelaufbau und bei der „zellulären Fitness“
6. Stärkung des Immunsystems
7. Schutz vor dem metabolischen Syndrom und somit vor Herz-Kreislauf-Erkrankungen
8. Beteiligung an zahlreichen Schutz- und Reparaturmechanismen des Körpers → Steigerung der allgemeinen Gesundheit
9. Schutz vor Krebserkrankungen
10. Optimierung des Insulinstoffwechsels → fördert das Abnehmen
11. Aktivierung von braunem Fettgewebe (beschleunigt den Erfolg der Diät, da es viel Energie verbraucht)

Welche Lebensmittel sind erlaubt?

Vorab ist es erst einmal wichtig zu erwähnen, dass vor allem eine gesunde und ausgewogene Ernährung entscheidend sind, um sein Gewicht dauerhaft zu reduzieren. Der große Vorteil der Sirtfood-Diät ist, dass auf nichts verzichtet werden muss, sogar Alkohol und Schokolade sind in Maßen erlaubt. Gegessen werden dürfen vor allem diverse Zitrusfrüchte, wie Zitronen oder Orangen. Ebenfalls wichtig sind Beeren, Äpfel, Kumquats, Pflaumen oder rote Trauben. Neben Obst darf natürlich auch das Gemüse auf dem Speiseplan nicht fehlen. Greifen Sie dazu vermehrt auf Brokkoli, Grünkohl, Sellerie, Knoblauch Blumenkohl, Grünkohl Rucola, rote Zwiebeln, jegliche Arten von Bohnen, Spargel, Schalotten, Pak Choi und Artischocken zurück. Auch Gewürze und Kräuter sollten Teil Ihrer neuen Ernährung sein. Als besonders sirtuinhaltig gelten Zimt, Kurkuma, Chili, Petersilie, Liebstöckel, Dill, Thymian, Salbei, Minze und Ingwer.

Quinoa und Buchweizen lassen sich ebenso hervorragend in den Speiseplan integrieren. Da Nüsse sehr reich an ungesättigten Fettsäuren sind, sollte auch auf sie nicht verzichtet werden, vor allem Walnüsse und Pistazien sind zu empfehlen. Bei der Getränkewahl sollten Sie darauf achten, kalorienarme Getränke zu nehmen und natürlich vor allem viel Wasser zu trinken. Erlaubt ist neben schwarzem Kaffee und grünem Tee, die beide eine entzündungshemmende und stoffwechselanregende Wirkung aufweisen, auch Rotwein, jedoch nur in Maßen.

Besonders in der dritten Phase der Sirtfood-Diät ist es wichtig darauf zu achten, besonders eiweißhaltige Speisen zu sich zu nehmen, da diese Phase die Funktion hat, Ihr neues Gewicht zu stabilisieren. Doch dazu im Folgenden mehr.

Ablauf der Diät

Die Sirtfood-Diät ist in drei Phasen gegliedert. Die tägliche Kalorienzufuhr wird dabei langsam erhöht.

1. Phase

In der ersten Phase der Diät trinkt man vorrangig grüne Smoothies und Säfte. Dadurch werden die Selbstreinigungsprozesse des Körpers aktiviert, und der Stoffwechsel wird angeregt. Die Phase dauert drei Tage, und die tägliche Kalorienzufuhr liegt bei etwa 1.000 kcal. Man nimmt täglich drei Säfte oder Smoothies und eine Hauptmahlzeit zu sich.

2. Phase

In dieser Phase wird die Kalorienzufuhr um 500 kcal am Tag erhöht. Anstelle von drei Säften nehmen Sie nur noch zwei und essen dafür zwei Hauptmahlzeiten. In dieser Zeit soll die Fettverbrennung weiter angeregt und der Energieverbrauch erhöht werden. Diese Phase dauert vier Tage.

3. Phase

In der letzten Phase gilt: Es ist alles erlaubt, was viel Sirtuin enthält. Generell sollten Sie sich auch sehr proteinhaltig ernähren. Sie essen drei Hauptmahlzeiten, ohne dabei eine Kalorienanzahl von 1.800 kcal täglich zu überschreiten. Diese Phase dient der Stabilisierung Ihres „neuen Körpers“ und sollte mindestens eine Woche eingehalten werden, besser aber länger, um einen Jo-Jo-Effekt zu vermeiden.

Die Sirtfood-Diät ist noch eine sehr neue Ernährungsform, die jedoch jetzt schon sehr versprechend klingt, finden Sie nicht auch? Der große Pluspunkt dieser Diät liegt darin, dass sie darauf ausgelegt ist, einen dauerhaften Gewichtsverlust zu bewirken. Es ist also nicht so, dass Sie zuerst eine Menge an Gewicht verlieren, nur um es nach wenigen Wochen doppelt und dreifach wieder auf den Hüften haben, wie man es von einigen Crashdiäten kennt.
Das Schwierige sind die ersten drei Tage, in denen Sie fast nur Flüssignahrung zu sich nehmen, um den Körper auf die Diät vorzubereiten und auf diese Weise richtig zu entgiften. Auch wenn das vielleicht etwas kräftezehrend sein kann, Sie werden es später nicht bereuen.

Im Folgenden finden Sie nun eine Reihe von Sirtfood-Diät-konformen Rezeptideen, die sich ideal in den Alltag integrieren lassen. Der positive Nebeneffekt hierbei ist, dass alle Rezepte auch sehr reich an Vitaminen und Nährstoffen sind. Somit nehmen Sie alles zu sich, was Ihr Körper braucht, um fit und aktiv durch den Tag zu kommen.
Die Säfte und Smoothies aus dem ersten Teil des Buches können auch perfekt als gesunde Snacks für zwischendurch genutzt werden, falls der Hunger doch einmal etwas größer ist.

Sie finden am Ende des Buches noch einen Ernährungsplan für 30 Tage, der Ihnen den Einstieg in die Diät erleichtern soll.

Da Sie nun über alles Wichtige bestens Bescheid wissen, steht dem Erfolg zum Abnehmen und Ihrem bald (noch) besseren Körpergefühl nichts mehr im Wege. Viel Spaß beim Ausprobieren!

Hinweis zu den Rezepten

Sie werden sich sicher fragen, warum unser Rezeptbuch keine bunten und ansprechenden Fotos beinhaltet. Fotos im Hochglanzformat sind mit hohen Druckkosten und Kosten für die Erstellung der Bilder verbunden. Sicherlich sehen sie schön aus und unterstreichen das Rezept auf besondere Art und Weise, doch verursachen sie hohe Kosten, die am Ende der Käufer tragen muss.

In unserem Buch finden Sie eine Vielzahl an tollen Rezepten, die sich einfach und mit wenigen Handgriffen zubereiten lassen. Ein Bild ist dafür normalerweise nicht notwendig. Wenn wir uns die Kosten für ein Buch mit Fotos anschauen, liegen wir schnell bei mehr als 20 – 50 €. Die meisten Kunden sind jedoch nicht bereit, für ein Buch so viel Geld zu bezahlen. Damit jeder trotzdem die tollen Rezepte für sich entdecken kann, haben wir daher auf teure Fotos verzichtet und können das Buch deutlich günstiger anbieten.

Viele Leser haben bestimmt auch schon festgestellt, dass die abgebildeten Fotos in den Büchern meist nur Beispielbilder sind. Sie stellen zwar ein ansprechendes Gericht dar, aber entsprechen meist nicht den angegebenen Rezepten. Wir möchten unsere Leser vor dieser Enttäuschung bewahren und haben zusätzlich aus dem Grund auf bunte Bilder verzichtet.

In unserem Sirtfood Diät Kochbuch finden Sie 150 der besten und leckersten Sirtfood Rezepte. Gesund, nahrhaft und wirkungsvoll! Mit den genauen Nährwertangaben und einfachen Zubereitungsschritten, ist jedes Gericht ganz einfach nachzumachen.

Wir wünschen Ihnen guten Appetit!

Säfte

1. Sellerie-Spinat-Saft mit Apfel

Zutaten für 1 Portion:

- 75 g Staudensellerie
- 2 Äpfel
- 100 g Babyspinat
- 100 ml Wasser

Nährwertangaben pro Portion:

- Kalorien: 168 kcal
- Kohlenhydrate: 33,5 g
- Fett: 0,6 g
- Eiweiß: 4,3 g

Zubereitungszeit: 5–10 Minuten

Zubereitung:

1. Alle Zutaten waschen.
2. Die Äpfel entkernen und ebenso wie den Staudensellerie grob zerteilen.
3. Alle Zutaten in einen Standmixer geben und pürieren.

Tipp: Staudensellerie ist reich an Vitamin E, Provitamin A Kalium und Calcium.

2. Grünkohl-Trauben-Saft

Zutaten für 1 Portion:

- 100 g Grünkohl
- 100 ml Wasser
- 100 g rote Weintrauben (kernlos)

Nährwertangaben pro Portion:

- Kalorien: 104 kcal
- Kohlenhydrate: 19,5 g
- Fett: 1,3 g
- Eiweiß: 4,9 g

Zubereitungszeit: 5 Minuten

Zubereitung:

1. Grünkohl und Trauben waschen.
2. Alle Zutaten in einen Mixer geben und pürieren.

3. Orangen-Spinat-Saft

Zutaten für 1 Portion:

- 2 Orangen
- 50 g Staudensellerie
- 1 Apfel
- 20 g Spinat

Nährwertangaben pro Portion:

- Kalorien: 220 kcal
- Kohlenhydrate: 43,6 g
- Fett: 0,8 g
- Eiweiß: 4,5 g

Zubereitungszeit: 5–10 Minuten

Zubereitung:

1. Alle Zutaten waschen.
2. Orangen und Apfel schälen, den Apfel entkernen.
3. Apfel und Sellerie ggf. in Stücke schneiden.
4. Alle Zutaten in einen Entsafter geben.

4. Rucola-Smoothie mit Sellerie

Zutaten für 1 Portion:

- 100 g Gurke
- Saft einer Limette
- 100 g Staudensellerie
- 100 g Rucola
- 50 ml Wasser

Nährwertangaben pro Portion:

- Kalorien: 57 kcal
- Kohlenhydrate: 9,5 g
- Fett: 1 g
- Eiweiß: 4,5 g

Zubereitungszeit: 5 Minuten

Zubereitung:

1. Gurke, Sellerie und Rucola waschen.
2. Gurke und Sellerie klein schneiden.
3. Alle Zutaten in einen Standmixer geben und pürieren.

Tipp: Anstelle des Rucola können Sie auch einen anderen Salat verwenden.

5. Apfel-Grünkohl-Zitronen-Saft

Zutaten für 1 Portion:

- 2 Äpfel
- Saft einer Zitrone
- 100 g Grünkohl
- 100 ml Wasser

Nährwertangaben pro Portion:

- Kalorien: 167 kcal
- Kohlenhydrate: 31,1 g
- Fett: 0,9 g
- Eiweiß: 5,1 g

Zubereitungszeit: 5 Minuten

Zubereitung:

1. Die Äpfel entkernen und waschen.
2. Grünkohl ebenfalls waschen.
3. Alle Zutaten in einen Entsafter geben.

6. Spinat-Erdbeer-Smoothie

Zutaten für 1 Portion:

- 100 g Spinat
- 100 g Erdbeeren
- 100 ml Wasser

Nährwertangaben pro Portion:

- Kalorien: 60 kcal
- Kohlenhydrate: 9,5 g
- Fett: 0,7 g
- Eiweiß: 3,3 g

Zubereitungszeit: 5 Minuten

Zubereitung:

1. Erdbeeren und Spinat waschen.
2. Das Grün von den Erdbeeren entfernen und zusammen mit Spinat und Wasser in einen Standmixer geben und pürieren.

Tipp: Spinat ist sehr reich an Vitamin C und Mineralstoffen wie Magnesium, Eisen, Kalium und Calcium

7. Sellerie-Himbeer-Smoothie

Zutaten für 1 Portion:

- 100 g Staudensellerie
- 150 g Himbeeren
- 100 ml Wasser
- etwas Kurkumapulver

Nährwertangaben pro Portion:

- Kalorien: 68 kcal
- Kohlenhydrate: 9,4 g
- Fett: 0,7 g
- Eiweiß: 3,2 g

Zubereitungszeit: 5 Minuten

Zubereitung:

1. Himbeeren und Staudensellerie waschen. Sellerie in Stücke schneiden.
2. Alle Zutaten in einen Standmixer geben und pürieren.

8. Brombeer-Spinat-Smoothie mit Zitrone

Zutaten für 1 Portion:

- 200 g Brombeeren
- 100 g Babyspinat
- 100 ml Wasser
- Saft einer halben Zitrone

Nährwertangaben pro Portion:

- Kalorien: 85 kcal
- Kohlenhydrate: 9,2 g
- Fett: 2,4 g
- Eiweiß: 4,6 g

Zubereitungszeit: 5 Minuten

Zubereitung:

1. Spinat und Brombeeren waschen.
2. Alle Zutaten in einen Entsafter geben.

9. Orangen-Mango-Smoothie mit Spinat

Zutaten für 1 Portion:

- 2 Orangen
- 2 Kiwis
- 1 Mango
- 100 g Spinat

Nährwertangaben pro Portion:

- Kalorien: 293 kcal
- Kohlenhydrate: 66,3 g
- Fett: 2,4 g
- Eiweiß: 7,8 g

Zubereitungszeit: 10 Minuten

Zubereitung:

1. Spinat gründlich waschen.
2. Kiwis und Mango schälen, Fruchtfleisch der Mango vom Kern schneiden.
3. Orangen auspressen und zusammen mit den restlichen Zutaten pürieren.

10. Pflaumen-Brokkoli-Saft

Zutaten für 1 Portion:

- 100 g Pflaumen
- 100 g Brokkoli
- 2 Äpfel

Nährwertangaben pro Portion:

- Kalorien: 419 kcal
- Kohlenhydrate: 89,7 g
- Fett: 0,6 g
- Eiweiß: 6,2 g

Zubereitungszeit: 5–10 Minuten

Zubereitung:

1. Alle Zutaten waschen.
2. Pflaumen entsteinen, Äpfel entkernen. Äpfel und Brokkoli in Stücke schneiden.
3. Anschließend in einen Entsafter geben.

Tipp: Pflaumen sind nicht nur sehr reich an Vitaminen, sie helfen auch bei Verdauungsproblemen.

11. Apfel-Minz-Smoothie

Zutaten für 1 Portion:

- 1 Apfel
- 50 g Rucola
- 20 g Minze
- Saft einer Zitrone
- 100 g Grünkohl

Nährwertangaben pro Portion:

- Kalorien: 123 kcal
- Kohlenhydrate: 19,8 g
- Fett: 1,4 g
- Eiweiß: 6,8 g

Zubereitungszeit: 5 Minuten

Zubereitung:

1. Apfel, Rucola, Minze und Grünkohl waschen.
2. Den Apfel entkernen.
3. Alle Zutaten in einen Entsafter geben.

12. Erdbeer-Matcha-Saft

Zutaten für 1 Portion:

- 100 g Erdbeeren
- 100 g Staudensellerie
- 1 Apfel
- 1 TL Matchapulver

Nährwertangaben pro Portion:

- Kalorien: 117 kcal
- Kohlenhydrate: 22,8 g
- Fett: 0,5 g
- Eiweiß: 2,3 g

Zubereitungszeit: 5–10 Minuten

Zubereitung:

1. Erdbeeren, Apfel und Staudensellerie waschen.
2. Bei den Erdbeeren die grünen Kelche abschneiden. Apfel entkernen, Apfel und Sellerie in Stücke schneiden.
3. Alle Zutaten in einen Entsafter geben.

13. Himbeer-Minz-Saft

Zutaten für 1 Portion:

- 200 g Himbeeren
- 1 Handvoll Minze
- 100 g Staudensellerie
- Saft einer Zitrone

Nährwertangaben pro Portion:

- Kalorien: 103 kcal
- Kohlenhydrate: 13,9 g
- Fett: 1,1 g
- Eiweiß: 5,3 g

Zubereitungszeit: 5 Minuten

Zubereitung:

1. Himbeeren, Minze und Staudensellerie waschen.
2. Sellerie ggf. in Stücke schneiden.
3. Alle Zutaten in einen Entsafter geben.
4. Den Saft in ein Glas füllen und servieren.

Tipp: Sie können den Zitronensaft auch durch Orangensaft ersetzen, falls Sie es lieber etwas milder mögen.

14. Pflaumen-Johannisbeer-Saft

Zutaten für 1 Portion:

- 100 g Pflaumen
- 100 g Johannisbeeren
- 2 Handvoll Grünkohl

Nährwertangaben pro Portion:

- Kalorien: 355 kcal
- Kohlenhydrate: 74,8 g
- Fett: 1,1 g
- Eiweiß: 7,8 g

Zubereitungszeit: 5–10 Minuten

Zubereitung:

1. Alle Zutaten waschen.
2. Pflaumen entkernen.
3. Johannisbeeren, Pflaumen und Grünkohl in einen Entsafter geben.
4. Den Saft in ein Glas gießen und servieren.

15. Apfel-Matcha-Saft mit Endiviensalat

Zutaten für 1 Portion:

- 3 Äpfel
- 100 g Endiviensalat
- 50 g Grünkohl
- Saft einer Zitrone
- 1 TL Matchapulver

Nährwertangaben pro Portion:

- Kalorien: 230 kcal
- Kohlenhydrate: 47,6 g
- Fett: 0,6 g
- Eiweiß: 4,6 g

Zubereitungszeit: 5–10 Minuten

Zubereitung:

1. Die Äpfel waschen und entkernen.
2. Endiviensalat und Grünkohl waschen.
3. Alle Zutaten in einen Entsafter geben.
4. Den Saft in ein Glas gießen und servieren.

Tipp: Wenn Sie einen milderen Geschmack bevorzugen, können Sie den Zitronensaft auch durch Orangensaft ersetzen.

16. Brokkoli-Orangen-Saft

Zutaten für 1 Portion:

- 100 g Brokkoli
- 2 Orangen
- 100 g Gurke
- Saft einer halben Zitrone

Nährwertangaben pro Portion:

- Kalorien: 187 kcal
- Kohlenhydrate: 42,7 g
- Fett: 1 g
- Eiweiß: 6,6 g

Zubereitungszeit: 5–10 Minuten

Zubereitung:

1. Brokkoli und Gurke waschen und in Stücke schneiden.
2. Orangen schälen.
3. Alle Zutaten nacheinander in einen Entsafter geben.
4. Den Saft in ein Glas gießen und servieren.

17. Ingwer-Granatapfel-Saft

Zutaten für 1 Portion:

- 4 cm Ingwer
- 1 Granatapfel
- 1 Orange
- 100 g Sellerie

Nährwertangaben pro Portion:

- Kalorien: 238 kcal
- Kohlenhydrate: 51,9 g
- Fett: 1,4 g
- Eiweiß: 3,3 g

Zubereitungszeit: 10 Minuten

Zubereitung:

1. Ingwer und Orange schälen.
2. Granatapfel halbieren und Kerne herauslösen.
3. Sellerie waschen und ggf. in Stücke schneiden.
4. Ingwer zusammen mit allen übrigen Zutaten in einen Entsafter geben.
5. Den Saft in ein Glas gießen und servieren.

18. Salbei-Grünkohl-Saft mit Himbeeren

Zutaten für 1 Portion:

- 1 Handvoll Salbei
- 2 Handvoll Grünkohl
- 150 g Himbeeren

Nährwertangaben pro Portion:

- Kalorien: 158 kcal
- Kohlenhydrate: 18,7 g
- Fett: 1,6 g
- Eiweiß: 7,9 g

Zubereitungszeit: 5 Minuten

Zubereitung:

1. Alle Zutaten waschen.
2. Salbei, Grünkohl und Himbeeren nacheinander in einen Entsafter geben.
3. Den Saft in ein Glas gießen.
4. Servieren.

Tipp: Salbei hat eine heilende Wirkung. Die enthaltenen ätherischen Öle wirken desifizierend und durchblutungsanregend.

19. Berry-Boost mit Minze

Zutaten für 1 Portion:

- 100 g Himbeeren
- 100 g Erdbeeren
- 100 g Johannisbeeren
- 1 Handvoll Minze

Nährwertangaben pro Portion:

- Kalorien: 125 kcal
- Kohlenhydrate: 24,9 g
- Fett: 0,7 g
- Eiweiß: 3,1 g

Zubereitungszeit: 5–10 Minuten

Zubereitung:

1. Die Beeren waschen.
2. Minze zupfen und ebenfalls waschen.
3. Das Grün von den Erdbeeren entfernen.
4. Anschließend alle Zutaten in einen Entsafter geben.
5. Den fertigen Saft in ein Glas gießen und servieren.

20. Pflaumen-Sellerie-Saft

Zutaten für 1 Portion:

- 100 g Staudensellerie
- 150 g Pflaumen
- Saft einer Zitrone

Nährwertangaben pro Portion:

- Kalorien: 450 kcal
- Kohlenhydrate: 101,3 g
- Fett: 0,8 g
- Eiweiß: 5,7 g

Zubereitungszeit: 5–10 Minuten

Zubereitung:

1. Staudensellerie und Pflaumen waschen.
2. Die Pflaumen entkernen.
3. Sellerie ggf. in Stücke schneiden.
4. Alle Zutaten in einen Entsafter geben.
5. Den Saft in ein Glas gießen und servieren.

Tipp: Sie erkennen reife Pflaumen an einem weißlichen Duftfilm auf der Schale. Dieser schützt sie vor Austrocknung.

21. Rucola-Trauben-Saft

Zutaten für 1 Portion:

- 150 g rote Trauben (kernlos)
- 1 Handvoll Rucola
- 1 Apfel

Nährwertangaben pro Portion:

- Kalorien: 192 kcal
- Kohlenhydrate: 43,5 g
- Fett: 1,3 g
- Eiweiß: 4 g

Zubereitungszeit: 5 Minuten

Zubereitung:

1. Alle Zutaten waschen.
2. Den Apfel entkernen.
3. Die Zutaten nacheinander in einen Entsafter geben.
4. Den Saft in ein Glas gießen und servieren.

Tipp: Für einen besonders frischen Geschmack können Sie noch einige Blätter Minze zum Saft geben.

22. Brokkoli-Brombeer-Saft

Zutaten für 1 Portion:

- 80 g Brokkoli
- 100 g Brombeeren
- 2 Orangen

Nährwertangaben pro Portion:

- Kalorien: 180 kcal
- Kohlenhydrate: 36,8 g
- Fett: 1,6 g
- Eiweiß: 5,8 g

Zubereitungszeit: 5–10 Minuten

Zubereitung:

1. Brokkoli und Brombeeren waschen.
2. Die Orangen schälen.
3. Brokkoli in Stücke schneiden.
4. Alle Zutaten in einen Entsafter geben.
5. Den Saft in ein Glas gießen und servieren.

23. Spinat-Ingwer-Saft

Zutaten für 1 Portion:

- 100 g Spinat
- 4 cm Ingwer
- 1 Apfel
- 1 Orange

Nährwertangaben pro Portion:

- Kalorien: 176 kcal
- Kohlenhydrate: 37,3 g
- Fett: 0,9 g
- Eiweiß: 5,2 g

Zubereitungszeit: 5–10 Minuten

Zubereitung:

1. Spinat und Apfel waschen.
2. Apfel, Ingwer und Orange schälen.
3. Apfel entkernen.
4. Alle Zutaten in einen Entsafter geben.
5. Den Saft in ein Glas gießen und servieren.

24. Grünkohl-Granatapfel-Saft

Zutaten für 1 Portion:

- 100 g Grünkohl
- 1 Granatapfel
- 1 Orange
- Kurkumapulver

Nährwertangaben pro Portion:

- Kalorien: 216 kcal
- Kohlenhydrate: 43 g
- Fett: 2 g
- Eiweiß: 6,6 g

Zubereitungszeit: 5–10 Minuten

Zubereitung:

1. Den Grünkohl waschen.
2. Die Kerne aus dem Granatapfel herauslösen.
3. Die Orange schälen.
4. Alle Zutaten in einen Entsafter geben.

Tipp: Kurkuma hat eine entzündungshemmende Wirkung du kann Völlegefühle lindern.

25. Sellerie-Kiwi-Saft

Zutaten für 1 Portion:

- 100 g Sellerie
- 2 Kiwis
- 1 Apfel
- 1 Zitrone

Nährwertangaben pro Portion:

- Kalorien: 201 kcal
- Kohlenhydrate: 47,5 g
- Fett: 1,5 g
- Eiweiß: 4,6 g

Zubereitungszeit: 5–10 Minuten

Zubereitung:

1. Den Apfel entkernen.
2. Den Sellerie, die Zitrone und die Kiwis schälen.
3. Alle Zutaten in einen Entsafter geben.
4. Den Saft in ein Glas gießen und servieren.

26. Erdbeer-Trauben-Saft

Zutaten für 1 Portion:

- 100 g Erdbeeren
- 100 g rote Trauben (kernlos)
- 100 g Grünkohl

Nährwertangaben pro Portion:

- Kalorien: 140 kcal
- Kohlenhydrate: 25,8 g
- Fett: 1,6 g
- Eiweiß: 5,7 g

Zubereitungszeit: 5–10 Minuten

Zubereitung:

1. Alle Zutaten waschen.
2. Das Grün von den Erdbeeren entfernen.
3. Die Erdbeeren grob zerkleinern.
4. Die Trauben halbieren.
5. Alles zusammen in einen Entsafter geben.

Tipp: Falls Ihnen der Saft zu dickflüssig sein sollte können Sie noch etwas Wasser hinzufügen.

27. Spinatsaft mit Minze

Zutaten für 1 Portion:

- 100 g Spinat
- 1 Orange
- 1 Apfel
- 1 Handvoll Minze

Nährwertangaben pro Portion:

- Kalorien: 152 kcal
- Kohlenhydrate: 32,9 g
- Fett: 0,6 g
- Eiweiß: 4,2 g

Zubereitungszeit: 5 Minuten

Zubereitung:

1. Apfel, Spinat und Minze waschen.
2. Den Apfel entkernen und die Orange schälen.
3. Alle Zutaten in einen Entsafter geben.
4. Den Saft in ein Glas gießen und servieren.

Tipp: Falls Sie einen bitteren Geschmack bevorzugen, können Sie anstelle der Orange auch eine Grapefruit verwenden.

28. Apfel-Salbei-Saft

Zutaten für 1 Portion:

- 2 Äpfel
- 1 Handvoll Salbei
- 150 g Himbeeren
- 100 g Sellerie

Nährwertangaben pro Portion:

- Kalorien: 220 kcal
- Kohlenhydrate: 42,2 g
- Fett: 0,7 g
- Eiweiß: 3,6 g

Zubereitungszeit: 5–10 Minuten

Zubereitung:

1. Alle Zutaten waschen.
2. Die Äpfel entkernen.
3. Sellerie schälen.
4. Alles nacheinander in einen Entsafter geben.
5. Den Saft in ein Glas gießen und servieren.

Tipp: Sie können den Salbei auch durch Minze oder einen Salat ersetzen.

29. Vitaminbombe

Zutaten für 1 Portion:

- 2 Orangen
- 100 g Grünkohl
- 1 Zitrone
- etwas Kurkumapulver
- 1 Apfel

Nährwertangaben pro Portion:

- Kalorien: 254 kcal
- Kohlenhydrate: 56,6 g
- Fett: 1,5 g
- Eiweiß: 8,2 g

Zubereitungszeit: 5 Minuten

Zubereitung:

1. Den Apfel, Orangen und Zitrone schälen.
2. Apfel entkernen.
3. Grünkohl waschen.
4. Alle Zutaten in einen Entsafter geben.
5. Den Saft in ein Glas gießen und servieren.

30. Mango-Blaubeer-Saft

Zutaten für 1 Portion:

- 1 Mango
- 200 g Blaubeeren
- 1 Apfel

Nährwertangaben pro Portion:

- Kalorien: 256 kcal
- Kohlenhydrate: 51 g
- Fett: 0,6 g
- Eiweiß: 3,8 g

Zubereitungszeit: 5–10 Minuten

Zubereitung:

1. Apfel und Mango schälen.
2. Das Fruchtfleisch der Mango vom Kern schneiden.
3. Blaubeeren waschen.
4. Alle Zutaten zusammen in einen Entsafter geben.
5. Den Saft in ein Glas geben und servieren.

Tipp: Fügen zu noch eine Orange zu dem Saft hinzu, diese Kombination schmeckt ebenfalls besonders gut.

Frühstück

31. Buchweizenmüsli mit Beeren

Zutaten für 1 Portion:

- 200 g griechischer Joghurt
- 100 g Blaubeeren
- 40 g Buchweizenflocken
- 40 g Datteln
- 15 g Pistazien
- ½ TL Kurkuma

Nährwertangaben pro Portion:

- Kalorien: 508 kcal
- Kohlenhydrate: 75,8 g
- Fett: 9,3 g
- Eiweiß: 20 g

Zubereitungszeit: 5–10 Minuten

Zubereitung:

1. Die Blaubeeren waschen.
2. Datteln klein schneiden.
3. Den Joghurt in eine Schüssel füllen.
4. Datteln und Blaubeeren unter den Joghurt mischen.
5. Den Joghurt mit den Pistazien, Kurkuma und Buchweizenflocken garnieren.

Tipp: Sie können die Blaubeeren auch durch Himbeeren ersetzen.

32. Knuspermüsli mit Kokosjoghurt

Zutaten für 1 Portion:

- 200 g Kokosjoghurt
- 1 Apfel
- 100 g Erdbeeren
- 40 g Müsli
- 30 g gehackte Mandeln

Nährwertangaben pro Portion:

- Kalorien: 536 kcal
- Kohlenhydrate: 64 g
- Fett: 26,4 g
- Eiweiß: 14,4 g

Zubereitungszeit: 10 Minuten

Zubereitung:

1. Erdbeeren und Apfel waschen.
2. Grüne Kelche von den Erdbeeren schneiden.
3. Beides klein schneiden.
4. Zusammen mit allen übrigen Zutaten in eine Schüssel geben und vermengen.

33. Porridge mit Beerenpüree

Zutaten für 1 Portion:

- 200 ml Mandelmilch
- 150 g gemischte Beeren
- 2 EL Granatapfelkerne
- 40 g Buchweizenflocken
- 2 TL gehackte Pekannüsse

Nährwertangaben pro Portion:

- Kalorien: 458 kcal
- Kohlenhydrate: 54,6 g
- Fett: 19 g
- Eiweiß: 9,7 g

Zubereitungszeit: 10 Minuten

Zubereitung:

1. Die Buchweizenflocken in einen Topf geben und mit der Mandelmilch aufgießen. Bei mittlerer Hitze zum Köcheln bringen.
2. Beerenmischung ggf. waschen und dazugeben, alles zu einem Brei verkochen lassen.
3. In eine Schüssel geben und mit Pekannüssen und Granatapfelkernen garnieren.

Tipp: Sie können die Granatapfelkerne auch durch Cranberries ersetzen.

34. Haferbrei mit roten Trauben

Zutaten für 1 Portion:

- 60 g Haferflocken
- 200 ml Mandelmilch
- 100 g rote Trauben
- 30 g gehackte Mandeln
- 1 EL Mandelmus

Nährwertangaben pro Portion:

- Kalorien: 640 kcal
- Kohlenhydrate: 64,8 g
- Fett: 34,3 g
- Eiweiß: 19,9 g

Zubereitungszeit: 10 Minuten

Zubereitung:

1. Die Haferflocken in einen Topf geben und die Milch darübergießen.
2. Die Masse bei mittlerer Hitze zum Kochen bringen, bis ein Brei entsteht. Dabei ständig rühren.
3. Die Trauben waschen und vierteln.
4. Den Brei in eine Schüssel geben und Trauben, Mandeln und Mandelmus hinzugeben.

35. Sojajoghurt mit Pflaumen und Gojibeeren

Zutaten für 1 Portion:

- 200 g Sojajoghurt
- 100 g Pflaumen
- 50 g Gojibeeren
- 40 g Buchweizenflocken

Nährwertangaben pro Portion:

- Kalorien: 685 kcal
- Kohlenhydrate: 123,9 g
- Fett: 7,6 g
- Eiweiß: 23,6 g

Zubereitungszeit: 10 Minuten

Zubereitung:

1. Die Pflaumen waschen, entkernen und in kleine Würfel schneiden.
2. Alle Zutaten in eine Schüssel geben und vermischen.

Tipp: Gojibeeren gehören zu den Superfoods und sind unter anderen reich an Zink, was eine Art Anti-Aging Effekt mit sich bringt.

36. Frühstücksbrei

Zutaten für 1 Portion:

- 150 g Magerquark
- 150 g körniger Frischkäse
- 10 g geschrotete Leinsamen
- 130 g Himbeeren
- etwas Süßstoff

Nährwertangaben pro Portion:

- Kalorien: 361 kcal
- Kohlenhydrate: 16,4 g
- Fett: 11,7 g
- Eiweiß: 42,5 g

Zubereitungszeit: 5 Minuten

Zubereitung:

1. Den Magerquark und den körnigen Frischkäse mit Süßstoff in eine Schüssel geben und verrühren.
2. Die Himbeeren waschen und zusammen mit den Leinsamen mit in die Schüssel geben.

37. Frühstückspizza

Zutaten für 1 Portion:

- 30 g Haferflocken
- 10 g Chiasamen
- 20 g Leinsamen
- 30 g Kokosöl
- 2 Eier
- 1 TL Flohsamenschalen
- 200 g griechischer Joghurt
- 100 g Himbeeren
- 100 g Blaubeeren

Nährwertangaben pro Portion:

- Kalorien: 718 kcal
- Kohlenhydrate: 40,2 g
- Fett: 37,3 g
- Eiweiß: 39 g

Zubereitungszeit: 30 Minuten

Zubereitung:

1. Das Kokosöl schmelzen.
2. Haferflocken, Chiasamen und Leinsamen in einer Schüssel mischen und das flüssige Kokosöl dazugeben. Alles verrühren und einige Minuten ziehen lassen.
3. Anschließend die Eier hineingeben und zum Schluss die Flohsamenschalen unterheben.
4. Ein Backblech mit Backpapier auslegen und den Teig auf etwa der Hälfte des Bleches verstreichen. Im vorgeheizten Backofen bei ca. 220° C Umluft 15–20 Min. backen.
5. Den Teig kurz abkühlen lassen.
6. Das Obst waschen und etwas klein schneiden. Den Teig mit griechischem Joghurt und Beeren belegen.

38. Bananen-Pancakes

Zutaten für 1 Portion:

- 2 Eier
- 1 Banane (sehr reif)
- 50 g Mandelmehl
- 1 EL Rapsöl
- 1 TL Backpulver
- 100 g Joghurt
- 50 g Brombeeren

Nährwertangaben pro Portion:

- Kalorien: 606 kcal
- Kohlenhydrate: 32,5 g
- Fett: 39,5 g
- Eiweiß: 29 g

Zubereitungszeit: 10–15 Minuten

Zubereitung:

1. Eier, Mandelmehl, Backpulver und Banane in einen Standmixer geben und pürieren.
2. Brombeeren waschen.
3. Das Öl in einer Pfanne erhitzen und den Teig portionsweise zu Pancakes ausbacken.
4. Die Pancakes auf einem Teller anrichten und mit Joghurt und Brombeeren garnieren.

39. Brombeerquark

Zutaten für 1 Portion:

- 250 g Quark
- etwas Süßstoff
- etwas Wasser
- 100 g Brombeeren
- 40 g gehackte Haselnüsse

Nährwertangaben pro Portion:

- Kalorien: 480 kcal
- Kohlenhydrate: 17,4 g
- Fett: 26,8 g
- Eiweiß: 39,5 g

Zubereitungszeit: 5 Minuten

Zubereitung:

1. Den Quark mit Wasser und Süßstoff glatt rühren.
2. Die Brombeeren waschen und halbieren.
3. Alle Zutaten in eine Schüssel geben und verrühren.

Tipp: Sie können anstelle des Süßstoffs auch natürliche Süße, wie Honig verwenden.

40. Schoko-Himbeer-Porridge

Zutaten für 1 Portion:

- 70 g Haferflocken
- 1 TL Kakaopulver (entölt)
- 240 ml pflanzliche Milch
- 120 g Himbeeren
- 20 g gehackte Cashewkerne

Nährwertangaben pro Portion:

- Kalorien: 532 kcal
- Kohlenhydrate: 63,5 g
- Fett: 15,9 g
- Eiweiß: 23,5 g

Zubereitungszeit: 10 Minuten

Zubereitung:

1. Die Haferflocken mit der Milch und dem Kakaopulver in einen Topf geben und verrühren. Bei mittlerer Hitze zum Kochen bringen. So lange rühren, bis ein Brei entstanden ist.
2. Die Himbeeren waschen und halbieren.
3. Den Haferbrei in eine Schüssel geben und mit Himbeeren und Cashewkernen garnieren.

41. Ricotta-Pancakes mit Pflaumen

Zutaten für 1 Portion:

- 1 Ei
- 80 g Ricotta
- Saft einer halben Zitrone
- 2 TL Honig
- 50 g Buchweizenmehl
- ½ TL Backpulver
- 80 g Pflaumen
- 60 g Joghurt
- 1 TL Kokosöl
- 1 TL Öl

Nährwertangaben pro Portion:

- Kalorien: 625 kcal
- Kohlenhydrate: 57,6 g
- Fett: 30,9 g
- Eiweiß: 19,1 g

Zubereitungszeit: 10–15 Minuten

Zubereitung:

1. Ei, Öl, Zitronensaft, Ricotta und Honig vermengen. Buchweizenmehl und Backpulver dazugeben und alles zu einem glatten Teig verrühren.
2. Das Kokosöl in einer Pfanne erhitzen und kleine Pancakes darin ausbacken.
3. Die Pflaumen waschen und entkernen.
4. Die Pancakes zusammen mit dem Joghurt und den Pflaumen servieren.

42. Heidelbeer-Brombeer-Joghurt

Zutaten für 1 Portion:

- 50 g Heidelbeeren
- 100 g Brombeeren
- 200 g Joghurt
- 1 TL Agavendicksaft
- 2 EL gehackte Pistazien

Nährwertangaben pro Portion:

- Kalorien: 445 kcal
- Kohlenhydrate: 39,8 g
- Fett: 11,5 g
- Eiweiß: 13,2 g

Zubereitungszeit: 10 Minuten

Zubereitung:

1. Die Beeren waschen und halbieren.
2. Den Joghurt mit dem Agavendicksaft in eine Schüssel geben und vermischen.
3. Den Joghurt und die Beeren abwechselnd in einem Glas schichten, mit Joghurt beginnen und mit Beeren abschließen.
4. Zum Schluss mit Pistazien garnieren und servieren.

43. Vanille-Apfel-Porridge

Zutaten für 1 Portion:

- 40 g Haferflocken
- 1 Apfel
- 150 g ml Hafermilch
- etwas Vanillemark
- 2 EL Leinsamen
- 1 EL gehackte Haselnüsse

Nährwertangaben pro Portion:

- Kalorien: 472 kcal
- Kohlenhydrate: 48,7 g
- Fett: 22,8 g
- Eiweiß: 14,2 g

Zubereitungszeit: 10–15 Minuten

Zubereitung:

1. Haferflocken, Milch, Vanillemark und Leinsamen in einen Topf geben und aufkochen lassen, bis die Masse breiartig wird. Dabei ständig rühren.
2. Den Apfel waschen, entkernen und in kleine Würfel schneiden.
3. Die Haselnüsse in einer Pfanne ohne Fett anrösten.
4. Das Porridge in eine Schüssel geben und mit Apfelstücken und Haselnüssen garnieren.

44. Champignon-Omelett

Zutaten für 1 Portion:

- 2 Eier
- 100 g Champignons
- 30 g Cheddar
- 25 ml Milch
- etwas Öl
- Salz
- Pfeffer

Nährwertangaben pro Portion:

- Kalorien: 317 kcal
- Kohlenhydrate: 5,3 g
- Fett: 22,6 g
- Eiweiß: 26,6 g

Zubereitungszeit: 10–15 Minuten

Zubereitung:

1. Die Champignons putzen und in Scheiben schneiden.
2. Die Eier mit der Milch, Käse, Salz und Pfeffer in einer Schüssel verquirlen.
3. Die Pilze in einer Pfanne mit etwas Öl anbraten und leicht würzen.
4. Die Eimasse dazugeben und stocken lassen, anschließend wenden.

45. Nussquark mit roten Trauben und Himbeeren

Zutaten für 1 Portion:

- 200 g Magerquark
- etwas Wasser oder Milch
- 2 EL kernige Haferflocken
- 1 EL gehackte Haselnüsse
- 1 EL gehackte Mandeln
- 2 EL gepuffter Amaranth
- 50 g rote Weintrauben
- 50 g Himbeeren

Nährwertangaben pro Portion:

- Kalorien: 685 kcal
- Kohlenhydrate: 65,3 g
- Fett: 28,6 g
- Eiweiß: 43,4 g

Zubereitungszeit: 10 Minuten

Zubereitung:

1. Den Magerquark mit etwas Wasser oder Milch glatt rühren.
2. Die Früchte waschen und halbieren.
3. Alle Zutaten in einer Schüssel anrichten und servieren.

46. Vollkornbrot mit Avocado und Spiegelei

Zutaten für 1 Portion:

- 1 Scheibe Vollkornbrot
- 1 Ei
- etwas Öl
- ½ Avocado
- 30 g Frischkäse
- Salz
- Pfeffer
- Kresse

Nährwertangaben pro Portion:

- Kalorien: 369 kcal
- Kohlenhydrate: 28,6 g
- Fett: 21,6 g
- Eiweiß: 14,8 g

Zubereitungszeit: 10 Minuten

Zubereitung:

1. Das Ei in einer Pfanne aufschlagen und mit etwas Öl braten.
2. Das Vollkornbrot mit Frischkäse bestreichen.
3. Die Avocado schälen, das Fruchtfleisch in Scheiben schneiden und auf dem Brot verteilen.
4. Anschließend mit Salz und Pfeffer würzen.
5. Ei und Kresse darauf geben und servieren.

47. Erdbeermüsli

Zutaten für 1 Portion:

- 50 g Knuspermüsli
- 120 g Erdbeeren
- 200 ml Mandelmilch

Nährwertangaben pro Portion:

- Kalorien: 287 kcal
- Kohlenhydrate: 45,8 g
- Fett: 6,5 g
- Eiweiß: 7,5 g

Zubereitungszeit: 5 Minuten

Zubereitung:

1. Die Erdbeeren waschen und klein schneiden.
2. Erdbeeren und Müsli in eine Schüssel geben und mit Milch aufgießen.

Tipp: Besonders gut schmeckt dieses Müsli auch, wenn Sie gemischte Beeren verwenden.

48. Smoothie-Bowl

Zutaten für 1 Portion:

- 150 gemischte Beeren (tiefgekühlt)
- 1 Banane
- 150 g Joghurt
- 50 ml Mandelmilch
- 3 EL Açaipulver
- 2 EL Sonnenblumenkerne
- 2 EL Sesam

Nährwertangaben pro Portion:

- Kalorien: 493 kcal
- Kohlenhydrate: 44,3 g
- Fett: 23,8 g
- Eiweiß: 18,6 g

Zubereitungszeit: 10 Minuten

Zubereitung:

1. Joghurt, Beeren, Açaipulver und Milch in einen Standmixer geben und fein pürieren.
2. Die Banane in Scheiben schneiden.
3. Die Joghurt-Beeren-Mischung in eine Schüssel geben und mit Bananenscheiben und übrigen Zutaten garnieren.

49. Apfel-Kurkuma-Porridge

Zutaten für 1 Portion:

- 1 Apfel
- 50 g Haferflocken
- 200 ml Hafermilch
- 3 EL Apfelmus (ungezuckert)
- Kurkumapulver
- 1 EL gehackte Mandeln

Nährwertangaben pro Portion:

- Kalorien: 495 kcal
- Kohlenhydrate: 70,2 g
- Fett: 17,3 g
- Eiweiß: 12,8 g

Zubereitungszeit: 10–15 Minuten

Zubereitung:

1. Die Haferflocken mit Kurkuma, Apfelmus und der Hafermilch in einen Topf geben und bei mittlerer Hitze zu einem Brei verkochen lassen.
2. In der Zwischenzeit den Apfel waschen, entkernen und in kleine Stücke schneiden und die Mandeln ohne Fett in einer Pfanne anrösten.
3. Den Haferbrei in eine Schüssel geben und mit Apfel und Mandeln garnieren.

50. Blaubeer-Pancakes

Zutaten für 1 Portion:

- 50 g Mandelmehl
- 50 ml Milch
- 2 Eier
- 50 g griechischer Joghurt
- 100 g Blaubeeren
- 1 TL Honig
- 1 Banane
- 1 TL Kokosöl

Nährwertangaben pro Portion:

- Kalorien: 640 kcal
- Kohlenhydrate: 44,7 g
- Fett: 36,4 g
- Eiweiß: 25,1 g

Zubereitungszeit: 15 Minuten

Zubereitung:

1. Die Banane mit einer Gabel fein zerdrücken. Mit den Eiern, Mandelmehl und Milch vermischen.
2. Eine Handvoll Blaubeeren beiseitelegen.
3. Das Kokosöl in einer Pfanne erhitzen, kleine Teigkleckse hineingeben und einige Blaubeeren auf den Teig legen.
4. Die Pancakes von beiden Seiten anbraten.
5. Pancakes mit griechischem Joghurt, Honig und Blaubeeren auf einem Teller anrichten.

51. Orangen-Walnuss-Müsli mit Hüttenkäse

Zutaten für 1 Portion:

- 100 g Hüttenkäse
- 1 Banane
- 1 Orange
- 1 EL gehackte Walnüsse
- 100 g Mango
- 3 EL Haferflocken
- 1 EL Kürbiskerne

Nährwertangaben pro Portion:

- Kalorien: 686 kcal
- Kohlenhydrate: 82 g
- Fett: 26 g
- Eiweiß: 29 g

Zubereitungszeit: 10 Minuten

Zubereitung:

1. Das Obst schälen.
2. Das Fruchtfleisch in Stücke schneiden.
3. Den Hüttenkäse in eine Schüssel geben.
4. Alle übrigen Zutaten hinzufügen, verrühren und servieren.

Tipp: Hüttenkäse ist eine sehr gute Proteinquelle. 100 g beinhalten bereits 12 g Protein.

52. Bananen-Schoko-Pancakes

Zutaten für 1 Portion:

- 1 Banane
- 1 TL Kakaopulver
- 1 Orange
- 1 TL Rapsöl
- 2 Eier
- Zimt

Nährwertangaben pro Portion:

- Kalorien: 391 kcal
- Kohlenhydrate: 27 g
- Fett: 20 g
- Eiweiß: 16 g

Zubereitungszeit: 10–15 Minuten

Zubereitung:

1. Die Banane mit einer Gabel zerdrücken und mit Eiern, Kakao und Zimt vermischen.
2. Das Rapsöl in einer Pfanne erhitzen und aus dem Teig kleine Pancakes darin ausbacken.
3. Die Orange filetieren und zusammen mit den Pancakes servieren.

53. Brot mit Ei und Paprika

Zutaten für 1 Portion:

- 1 EL Kapern
- 1 EL Weißweinessig
- 1 rote Paprika
- 2 Scheiben Vollkornbrot
- 70 g Avocado
- 2 EL Kresse
- 1 Ei
- ½ Zitrone

Nährwertangaben pro Portion:

- Kalorien: 415 kcal
- Kohlenhydrate: 34 g
- Fett: 24 g
- Eiweiß: 16 g

Zubereitungszeit: 15 Minuten

Zubereitung:

1. Paprika waschen, entkernen und fein würfeln. Zitrone heiß abspülen und die Schale abreiben. Zusammen mit Kapern und Paprikawürfeln verrühren.
2. Essig in 500 ml Wasser annähernd zum Kochen bringen.
3. Ei aufschlagen und langsam ins Wasser gleiten lassen. Mit zwei Löffeln das Eiweiß um das Dotter ziehen und ca. 5 Min. garen lassen.
4. Fruchtfleisch der Avocado zerdrücken und mit 2 EL Paprikamischung auf den Brotscheiben verteilen. Mit Zitronensaft beträufeln.
5. Restliche Paprika mit dem pochierten Ei und der Kresse anrichten.

54. Erdbeer-Buchweizen-Müsli

Zutaten für 1 Portion:

- 180 g griechischer Joghurt
- 100 g Erdbeeren
- 30 g Buchweizenflocken
- 40 g Medjool-Datteln
- 15 g gehackte Pistazien
- 15 g gehackte Walnüsse
- Kurkumapulver

Nährwertangaben pro Portion:

- Kalorien: 542 kcal
- Kohlenhydrate: 68 g
- Fett: 18,6 g
- Eiweiß: 19,4 g

Zubereitungszeit: 10 Minuten

Zubereitung:

1. Die Erdbeeren waschen.
2. Anschließend entkelchen und grob zerteilen.
3. Die Datteln grob zerteilen.
4. Zusammen mit allen übrigen Zutaten in einer Schüssel vermischen.
5. Das Müsli zum Schluss mit Kurkuma bestäuben.

55. Porridge mit gemischten Beeren

Zutaten für 1 Portion:

- 180 ml Hafermilch
- 100 g gemischte Beeren
- 2 TL gehackte Pekannüsse
- 2 EL Granatapfelkerne
- 30 g Buchweizenflocken

Nährwertangaben pro Portion:

- Kalorien: 414 kcal
- Kohlenhydrate: 48,6 g
- Fett: 18,3 g
- Eiweiß: 8,2 g

Zubereitungszeit: 10 Minuten

Zubereitung:

1. Buchweizen in einen Topf geben und mit Milch aufgießen.
2. Alles unter Rühren zum Kochen bringen, bis eine breiartige Masse entsteht.
3. Die Beeren ggf. waschen, mit in den Topf geben und unterrühren.
4. Das Porridge in eine Schüssel geben und mit Nüssen und Granatapfelkernen garnieren.

Tipp: Verwenden Sie anstelle der Beeren rote Trauben.

56. Quarkkuchen

Zutaten für 1 Portion:

- 250 g Magerquark
- 1 Ei
- 20 g gemahlene Walnüsse
- 1 TL Birkenzucker
- 150 g gemischte Beeren (tiefgekühlt)

Nährwertangaben pro Portion:

- Kalorien: 461 kcal
- Kohlenhydrate: 21,5 g
- Fett: 19 g
- Eiweiß: 44,9 g

Zubereitungszeit: 40 Minuten

Zubereitung:

1. Quark, gemahlene Walnüsse und Birkenzucker vermischen.
2. Das Ei trennen und das Eiweiß aufschlagen. Das Eigelb in die Quarkmasse rühren und das Eiweiß unterheben.
3. Beeren ebenfalls unterheben.
4. Im vorgeheizten Backofen bei 170° C Ober-/Unterhitze 30 Min. backen.

57. Himbeer-Pfannkuchen

Zutaten für 1 Portion:

- 30 g Haferflocken
- 65 g gemahlene Mandeln
- 1 Ei
- 1 Msp. Natron
- 70 ml Mandelmilch
- 35 g Hüttenkäse
- Saft einer halben Zitrone
- 100 g Himbeeren
- etwas Kokosöl zum Braten
- 50 g Joghurt
- 1 TL Honig

Nährwertangaben pro Portion:

- Kalorien: 747 kcal
- Kohlenhydrate: 40,2 g
- Fett: 45,8 g
- Eiweiß: 32,7 g

Zubereitungszeit: 10–15 Minuten

Zubereitung:

1. Hüttenkäse, ⅔ des Zitronensaftes, gemahlene Mandeln, Ei, Natron, Haferflocken und Milch in einen Mixer geben und zu einem glatten Teig verarbeiten.
2. Himbeeren waschen.
3. Das Kokosöl in einer Pfanne erhitzen und etwas Teig in die Pfanne geben.
4. Himbeeren auf den Teigklecksen verteilen und Pfannkuchen ausbacken.
5. Den Joghurt mit dem Honig und etwas Zitronensaft vermischen und zusammen mit den Pfannkuchen servieren.

58. Schoko-Quinoa-Bowl

Zutaten für 1 Portion:

- 40 g Quinoa
- 1 TL Kakaopulver (entölt)
- 125 ml Mandelmilch
- 1 EL Ahornsirup
- Zimt
- 100 g Himbeeren

Nährwertangaben pro Portion:

- Kalorien: 188 kcal
- Kohlenhydrate: 30 g
- Fett: 4 g
- Eiweiß: 6 g

Zubereitungszeit: 20 Minuten

Zubereitung:

1. Quinoa heiß waschen. Zusammen mit dem Kakaopulver, dem Ahornsirup und der Milch in einen Topf geben und zum Kochen bringen.
2. Bei mittlerer Hitze 15 Min.
3. köcheln lassen, immer wieder umrühren.
4. Falls die Masse zu fest ist, noch etwas Milch hinzufügen.
5. Himbeeren waschen.
6. Den Quinoabrei in eine Schüssel geben und mit Himbeeren und Zimt garnieren.

59. Schokoküchlein

Zutaten für 1 Portion:

- 50 g Buchweizen
- 20 g Proteinpulver
- 1 EL Backkakao
- 1 TL Apfelessig
- 1 TL Backpulver
- 80 ml Mandelmilch
- 1 TL Kokosöl
- 30 g Birkenzucker
- 2 EL Granatapfelkerne
- 80 g Erdbeeren

Nährwertangaben pro Portion:

- Kalorien: 428 kcal
- Kohlenhydrate: 60,5 g
- Fett: 8,8 g
- Eiweiß: 21 g

Zubereitungszeit: 40–45 Minuten

Zubereitung:

1. Alle Zutaten bis auf das Obst miteinander verrühren und in eine Silikonform geben.
2. Im vorgeheizten Backofen bei 180° C Umluft ca. 30 Min. backen.
3. Erdbeeren waschen und die grünen Kelche abschneiden.
4. Kuchen kurz abkühlen lassen.
5. Den Kuchen mit Erdbeeren und Granatapfelkernen garnieren.

60. Frühstücks-Omelett

Zutaten für 1 Portion:

- 3 Eier
- 2 EL Milch
- 50 g Champignons
- 50 g Kirschtomaten
- etwas Öl
- 1 EL Parmesan
- gehackte Petersilie
- 1 Frühlingszwiebel
- Salz
- Pfeffer
- Paprikapulver

Nährwertangaben pro Portion:

- Kalorien: 294 kcal
- Kohlenhydrate: 12,2 g
- Fett: 15,1 g
- Eiweiß: 22,6 g

Zubereitungszeit: 15–20 Minuten

Zubereitung:

1. Das Gemüse und die Petersilie waschen. Champignons und Tomaten fein würfeln.
2. Die Frühlingzwiebel klein schneiden.
3. In einer Pfanne etwas Öl erhitzen und die Zwiebelstücke darin kurz andünsten.
4. Die Eier mit Milch, Parmesan und Gewürzen verquirlen und das geschnittene Gemüse anschließend hinzufügen.
5. Die Eimasse zu den Zwiebeln geben und stocken lassen.
6. Mit der Petersilie garnieren und servieren.

61. Apfel-Zimt-Porridge

Zutaten für 1 Portion:

- 60 g Haferflocken
- 100 ml Wasser
- 120 ml Mandelmilch
- 1 EL Ahornsirup
- 1 Apfel
- Zimt

Nährwertangaben pro Portion:

- Kalorien: 437 kcal
- Kohlenhydrate: 51,7 g
- Fett: 7,4 g
- Eiweiß: 9,7 g

Zubereitungszeit: 10–15 Minuten

Zubereitung:

1. Den Apfel waschen, entkernen und in Würfel schneiden.
2. Die Haferflocken mit Ahornsirup, Wasser und Milch in einen Topf geben und zum Kochen bringen, gelegentlich umrühren.
3. Die Apfelwürfel unter das Porridge heben und mit Zimt bestreuen, servieren.

Tipp: Hafer besteht zum Großteil aus essentiellen Eiweißen, die der Körper nicht selbst produzieren kann und ist außerdem sehr nährstoffreich.

62. Zucchini-Pancakes

Zutaten für 1 Portion:

- 50 g Zucchini
- 15 g Kokosmehl
- 30 g Vanille-Proteinpulver
- ½ TL Backpulver
- 2 Eiweiß
- Zimt
- Kokosöl

Nährwertangaben pro Portion:

- Kalorien: 213 kcal
- Kohlenhydrate: 4 g
- Fett: 4 g
- Eiweiß: 40 g

Zubereitungszeit: 15–20 Minuten

Zubereitung:

1. Die Zucchini waschen und raspeln.
2. Eiweiß steif schlagen.
3. Zucchini, Kokosmehl, Proteinpulver, Zimt und Backpulver vermischen und das Eiweiß unterheben.
4. Das Kokosöl in einer Pfanne erhitzen und drei kleine Pancakes darin ausbacken.

63. Bananenbrot

Zutaten für 1 Portion:

- 2 sehr reife Bananen
- 25 ml Rapsöl
- 60 g Mandelmus
- 120 g Dinkelmehl
- 65 ml Mandelmilch
- 1 TL Backpulver
- 1 Prise Salz
- 50 g Blaubeeren
- etwas Fett

Nährwertangaben pro Portion:

- Kalorien: 833 kcal
- Kohlenhydrate: 132 g
- Fett: 26,7 g
- Eiweiß: 17,3 g

Zubereitungszeit: 50–55 Minuten

Zubereitung:

1. Die Bananen mit einer Gabel zerquetschen.
2. Alle übrigen Zutaten bis auf die Blaubeeren hinzufügen und zu einer gleichmäßigen Masse verarbeiten.
3. Die Blaubeeren waschen und unterheben.
4. Eine Kastenform leicht einfetten und die Masse hineingeben.
5. Das Bananenbrot für 180° C Umluft 40–45 Min backen.

64. Thunfisch-Omelett

Zutaten für 1 Portion:

- 3 Eier
- ½ Dose Thunfisch
- 3 EL griechischer Joghurt
- etwas Zitronensaft
- 25 ml Milch
- ¼ rote Zwiebel
- 25 g geriebener Emmentaler
- 1 TL Olivenöl
- Salz
- Pfeffer

Nährwertangaben pro Portion:

- Kalorien: 388 kcal
- Kohlenhydrate: 6 g
- Fett: 18 g
- Eiweiß: 48 g

Zubereitungszeit: 20–25 Minuten

Zubereitung:

1. Die Zwiebel schälen und fein hacken.
2. Den Thunfisch abgießen. Mit dem griechischen Joghurt und Zitronensaft mischen.
3. Die Eier in einer Schüssel aufschlagen und mit Milch, Käse und Gewürzen verquirlen.
4. Das Öl in einer Pfanne erhitzen und die gehackten Zwiebeln darin anbraten.
5. Die Eimasse hinzufügen und stocken lassen. Das Omelett wenden.
6. Die Thunfisch-Mischung auf eine Hälfte des Omeletts geben und zusammenklappen.

65. Fruchtquark

Zutaten für 1 Portion:

- 250 g Magerquark
- 50 ml Kokosmilch
- 1 Orange
- 100 g Brombeeren
- 2 EL Leinsamen

Nährwertangaben pro Portion:

- Kalorien: 455 kcal
- Kohlenhydrate: 29,9 g
- Fett: 19,2 g
- Eiweiß: 41 g

Zubereitungszeit: 10 Minuten

Zubereitung:

1. Die Orange filetieren und in Stücke schneiden, die Brombeeren waschen.
2. Magerquark mit Kokosmilch vermischen.
3. Alle Zutaten zusammen in einer Schüssel vermischen und servieren.

Tipp: Koksmilch bietet eine gute Alternative zu Sahne, da sie sowohl kalorien- als auch fettärmer ist.

66. Porridge mit Brombeeren

Zutaten für 1 Portion:

- 15 g Hanfsamen
- 15 g Leinsamen
- 15 g Kokosraspeln
- ½ TL Vanillepulver
- 10 g Mandelkerne
- 40 g Brombeeren
- 1 EL Mandelmus
- 150 ml Mandelmilch
- 10 g Mandelmehl
- 1 TL Sonnenblumenkerne

Nährwertangaben pro Portion:

- Kalorien: 354 kcal
- Kohlenhydrate: 10,7 g
- Fett: 26,8 g
- Eiweiß: 12,9 g

Zubereitungszeit: 15 Minuten

Zubereitung:

1. Vanillepulver mit Mandelmilch in einem Topf erhitzen.
2. Mandelmehl, Hanfsamen, Leinsamen und Kokosraspeln hinzufügen und ca. 5 Min. köcheln lassen.
3. Gelegentlich umrühren.
4. Mandeln und Sonnenblumenkerne grob hacken.
5. Brombeeren waschen.
6. Porridge in eine Schale füllen und mit Brombeeren, Mandelmus und Kernen garnieren.

67. Frenchtoast

Zutaten für 1 Portion:

- 4 Scheiben Vollkorntoast
- 2 Eier
- 50 ml Mandelmilch
- 25 g Proteinpulver nach Wahl
- etwas Öl
- 2 EL Ahornsirup
- 50 g Blaubeeren
- 50 g Himbeeren

Nährwertangaben pro Portion:

- Kalorien: 656 kcal
- Kohlenhydrate: 49,8 g
- Fett: 17,8 g
- Eiweiß: 42,5 g

Zubereitungszeit: 15 Minuten

Zubereitung:

1. Die Eier mit der Milch und dem Proteinpulver vermischen und die Toastscheiben darin wenden.
2. Die Toastscheiben in einer Pfanne mit etwas Öl von beiden Seiten anbraten.
3. Die Beeren waschen.
4. Die Toastscheiben auf einen Teller legen, mit Ahornsirup beträufeln und mit den Beeren garnieren.

68. Joghurt mit Beeren und dunkler Schokolade

Zutaten für 1 Portion:

- 200 g Joghurt
- 50 g Heidelbeeren
- 75g Erdbeeren
- 20 g gehackte Zartbitterschokolade
- 25 g gehackte Walnüsse
- 1 TL Leinöl

Nährwertangaben pro Portion:

- Kalorien: 546 kcal
- Kohlenhydrate: 33 g
- Fett: 36,4 g
- Eiweiß: 16,5 g

Zubereitungszeit: 5 Minuten

Zubereitung:

1. Die Erdbeeren waschen, entkelchen und klein schneiden.
2. Heidelbeeren ebenfalls waschen.
3. Den Joghurt in eine Schüssel geben und die Beeren hinzufügen.
4. Gehackte Schokolade und Walnüsse darüber verteilen und mit Leinöl beträufeln.

Tipp: Sie können die Erdbeeren auch durch andere Beeren ihrer Wahl ersetzen, da alle Beeren annähernd gleich sirtuinreich sind.

69. Griechischer Joghurt mit Haferflocken und Beeren

Zutaten für 1 Portion:

- 200 g griechischer Joghurt
- 30 g Haferflocken
- 30 g Brombeeren
- 50 g Heidelbeeren
- 1 EL Leinsamen

Nährwertangaben pro Portion:

- Kalorien: 334 kcal
- Kohlenhydrate: 29,5 g
- Fett: 10,7 g
- Eiweiß: 19 g

Zubereitungszeit: 5 Minuten

Zubereitung:

1. Die Beeren waschen.
2. Den griechischen Joghurt in eine Schüssel geben.
3. Das Obst waschen.
4. Alle Zutaten in einer Schüssel vermischen und servieren.

Tipp: Leinsamen sind eine gute Quelle für Omega-3-Fettsäuren, die der Körper nicht selbst bilden kann.

70. Mandel-Haferbrei mit Blaubeeren

Zutaten für 1 Portion:

- 200 ml Mandelmilch
- 2 EL gepuffter Amaranth
- 1 EL Mandelmus
- 1 TL Ahornsirup
- 50 g Haferfocken
- 1 EL gehackte Mandeln
- 70 g Blaubeeren

Nährwertangaben pro Portion:

- Kalorien: 653 kcal
- Kohlenhydrate: 71,6 g
- Fett: 30,8 g
- Eiweiß: 21,9 g

Zubereitungszeit: 10–15 Minuten

Zubereitung:

1. Mandelmilch mit dem Ahornsirup und den Haferflocken in einen Topf geben und zum Kochen bringen.
2. Etwas einkochen lassen.
3. In der Zwischenzeit die Blaubeeren waschen.
4. Den Haferbrei in eine Schüssel geben.
5. Mit den übrigen Zutaten garnieren.

71. Overnight-Oats mit Kokos

Zutaten für 1 Portion:

- 40 g Haferflocken
- 20 g Kokosflocken
- 75 g Naturjoghurt
- 50 g Heidelbeeren
- 1 EL Kürbiskerne
- 1 TL Kokosblütensirup
- 75 ml Kokosmilch

Nährwertangaben pro Portion:

- Kalorien: 588 kcal
- Kohlenhydrate: 48,1 g
- Fett: 36,1 g
- Eiweiß: 15,9 g

Zubereitungszeit: 5 Minuten (+ 1 Nacht Ruhezeit)

Zubereitung:

1. Heidelbeeren waschen.
2. Kokosflocken bis auf einen kleinen Rest, Haferflocken, Joghurt, Kokosmilch und Sirup miteinander verrühren.
3. 25 g Heidelbeeren unterheben und über Nacht in den Kühlschrank stellen.
4. Am nächsten Tag den Rest der Heidelbeeren hinzufügen.
5. Alles mit Kürbiskernen und einigen Kokosflocken garnieren.

72. Frühstücksriegel

Zutaten für 12 Riegel:

- 100 g gemahlene Mandeln
- ½ TL Birkenzucker
- 30 g Whey-Proteinpulver
- 40 g getrocknete Himbeeren
- 1 TL Flohsamenschalen
- 1 EL Chiasamen
- 100 ml Milch nach Wahl
- 1 Prise Salz

Nährwertangaben pro Riegel:

- Kalorien: 79 kcal
- Kohlenhydrate: 2,2 g
- Fett: 5,2 g
- Eiweiß: 4,8 g

Zubereitungszeit: 30 Minuten

Zubereitung:

1. Alle Zutaten in eine Schüssel geben und miteinander vermischen.
2. Den Teig auf ein mit Backpapier ausgelegtes Backblech verteilen, er sollte eine Höhe von etwa 1 cm haben.
3. Im vorgeheizten Backofen bei 180° C Umluft 20 Min backen.
4. Etwas abkühlen lassen.
5. Die Masse in 12 gleich große Riegel teilen.

73. Quinoa-Bowl mit Kokosmilch

Zutaten für 1 Portion:

- 50 g Quinoa
- 150 ml Kokosmilch
- 1 Messlöffel Vanille-Proteinpulver
- 100 g Brombeeren
- 20 g Kakaonibs (Zartbitter)
- 1 TL Ahornsirup

Nährwertangaben pro Portion:

- Kalorien: 631 kcal
- Kohlenhydrate: 27,5 g
- Fett: 36,2 g
- Eiweiß: 30,1 g

Zubereitungszeit: 25–30 Minuten

Zubereitung:

1. Quinoa in einem Sieb abspülen.
2. Quinoa in einen Topf geben und ohne Fett anrösten. Sobald die Körner goldbraun sind, die Kokosmilch hinzufügen und aufkochen lassen.
3. Anschließend die Hitze reduzieren und 20 Min. köcheln lassen, gelegentlich umrühren. Ggf. mehr Flüssigkeit hinzufügen, damit nichts anbrennt.
4. Zum Schluss das Proteinpulver hinzufügen.
5. Brombeeren waschen.
6. Den Quinoabrei in eine Schüssel geben und mit Ahornsirup, Kakaonibs und Brombeeren garnieren.

74. Waffeln

Zutaten für 1 Portion:

- 75 g Magerquark
- 50 g Haferflocken
- 2 Eier
- 300 g gemischte Beeren
- 1 TL Backpulver
- 1 Schuss Mineralwasser
- Zimt
- etwas Fett

Nährwertangaben pro Portion:

- Kalorien: 532 kcal
- Kohlenhydrate: 51 g
- Fett: 15,1 g
- Eiweiß: 33,5 g

Zubereitungszeit: 20 Minuten

Zubereitung:

1. Die Haferflocken in einem Standmixer zerkleinern. Alle Zutaten bis auf die Beeren und das Fett in einer Schüssel vermischen und 10 Min. quellen lassen.
2. Ein Waffeleisen leicht einfetten und die Waffeln darin nacheinander ausbacken.
3. Beeren waschen.
4. Waffeln mit den Beeren servieren.

75. Milchreis

Zutaten für 1 Portion:

- 140 ml Mandelmilch
- 2 getrocknete Datteln
- 15 g gestiftete Mandeln
- 1 TL Honig
- Zimt
- 1 Prise Salz
- 40 g Milchreis
- 30 g Proteinpulver
- 100 g Blaubeeren

Nährwertangaben pro Portion:

- Kalorien: 458 kcal
- Kohlenhydrate: 48,9 g
- Fett: 15,3 g
- Eiweiß: 30,9 g

Zubereitungszeit: 20–25 Minuten

Zubereitung:

1. Die Datteln in kleine Stücke schneiden.
2. Zusammen mit Milchreis, Milch, Honig, Zimt und einer Prise Salz in einem Topf zum Kochen bringen.
3. Hitze reduzieren und 15–20 Min. zugedeckt quellen lassen.
4. In der Zwischenzeit die gestifteten Mandeln ohne Fett rösten.
5. Blaubeeren waschen.
6. Das Proteinpulver in den Milchreis rühren und mit Blaubeeren und Mandeln servieren.

Fleischgerichte

76. Hähnchen mit Walnuss-Pesto

Zutaten für 1 Portion:

- 150 g Hähnchenbrustfilet
- 15 g Walnüsse
- 15 g Parmesan
- 100 g Cherrytomaten
- 50 ml Wasser
- ½ rote Zwiebel
- 3 EL Öl
- Saft einer halben Zitrone
- 35 g Rucola
- 1 EL Petersilie
- 1 EL Balsamico

Nährwertangaben pro Portion:

- Kalorien: 431 kcal
- Kohlenhydrate: 10,7 g
- Fett: 25,2 g
- Eiweiß: 38,5 g

Zubereitungszeit: 30 Minuten

Zubereitung:

1. Petersilie, Tomaten und Rucola waschen.Walnüsse mit etwas Zitronensaft, Parmesan, Petersilie, 1 TL Öl und Wasser in einen Standmixer geben und zu einer sehr feinen Masse pürieren.
2. Das Hähnchenfilet mit dem Walnusspesto und dem Rest des Zitronensaftes ca. eine halbe Stunde marinieren.Das Hähnchen in einer Pfanne mit dem Rest Öl von beiden Seiten scharf anbraten und anschließend im vorgeheizten Backofen bei 200° C Umluft ca. 10 Min. backen.In der Zwischenzeit die Tomaten waschen und halbieren. Zwiebeln in feine Ringe schneiden. Mit Rucola, Tomaten und Balsamico vermischen und mit dem Hähnchen servieren.

77. Steak mit Rotwein-Jus und Kräuterkartoffeln

Zutaten für 1 Portion:

- 140 g Rinderfilet
- 100 g Kartoffeln
- 50 g rote Zwiebeln
- 150 ml Rinderbrühe
- 40 ml Rotwein
- 1 TL Tomatenmark
- 2 EL Olivenöl
- 1 TL Maismehl, in 2 TL Wasser aufgelöst

Nährwertangaben pro Portion:

- Kalorien: 495 kcal
- Kohlenhydrate: 24,6 g
- Fett: 18,9 g
- Eiweiß: 49 g

Zubereitungszeit: 50–60 Minuten

Zubereitung:

1. Backofen auf 180° C Umluft vorheizen.
2. Die Kartoffeln waschen und in Scheiben schneiden. Anschließend ca. 5 Min. in leicht gesalzenem Wasser garen.
3. Kartoffeln in eine Auflaufform geben und mit 1 TL Öl vermengen. 40 Min. im vorgeheizten Backofen garen, zwischendurch wenden.Zwiebeln in Ringe schneiden und in 1 TL Öl anbraten.
4. Das Rinderfilet in einer Pfanne mit dem restlichen Öl von beiden Seiten gut anbraten und würzen.
5. Steak aus der Pfanne nehmen, Wein, Tomatenmark, Rinderbrühe und Maismehl hinzugeben und etwas einkochen lassen.
6. Steak mit Soße, Kartoffeln und Zwiebeln servieren.

78. Hähnchenbrust mit Grünkohl

Zutaten für 1 Portion:

- 1 Thai-Chili
- etwas Petersilie
- 130 g Tomaten
- etwas Zitronensaft
- 150 g Hähnchenbrust
- 50 g Grünkohl
- 50 g Buchweizen
- 20 g rote Zwiebeln
- 1 EL Kurkuma
- 1 EL Olivenöl

Nährwertangaben pro Portion:

- Kalorien: 428 kcal
- Kohlenhydrate: 35,1 g
- Fett: 14,8 g
- Eiweiß: 37,9 g

Zubereitungszeit: 35–40 Minuten

Zubereitung:

1. Den Ofen auf 200° C Umluft vorheizen. Petersilie, Chili, Grünkohl und Tomaten waschen, Petersilie hacken.
2. Kurkuma und etwas Öl vermischen und das Hähnchen damit marinieren. In eine Pfanne geben und von beiden Seiten scharf anbraten. In den Ofen geben und ca. 10 Min. garen.
3. Tomaten und Thai-Chili sehr fein hacken und mit etwas Zitronensaft und gehackter Petersilie zu einer Salsa vermischen. Den Grünkohl blanchieren. Die rote Zwiebel in feine Ringe schneiden und in einer Pfanne mit etwas Öl anbraten.
4. Zwiebeln mit dem Grünkohl vermischen und kurz ziehen lassen. Buchweizen nach Packungsanweisung zubereiten und mit den restlichen Zutaten servieren.

79. Lamm-Tajine

Zutaten für 1 Portion:

- 125 g Lammfleisch
- 125 g grüne Bohnen
- ½ Möhre
- 2 Datteln
- 1 Zwiebel
- 1 Knoblauchzehe
- 1 EL Olivenöl
- Kurkuma
- Paprika (edelsüß)
- Salz, Pfeffer
- etwas Zitronensaft

Nährwertangaben pro Portion:

- Kalorien: 483 kcal
- Kohlenhydrate: 18,9 g
- Fett: 44 g
- Eiweiß: 30,8 g

Zubereitungszeit: 120 Minuten (+ 5 Stunden Ziehzeit)

Zubereitung:

1. Lammfleisch in Würfel schneiden. Zwiebel und Knoblauch schälen und fein hacken.
2. Gewürze, Zitronensaft und Olivenöl vermischen und das Fleisch damit marinieren. Ca. 5 Stunden im Kühlschrank ziehen lassen, am besten über Nacht.den Ofen auf 200° C Umluft vorheizen.
3. Bohnen putzen, die Möhre schälen und in Scheiben schneiden.
4. Gemüse mit dem Fleisch in eine Auflaufform geben und würzen.
5. Im vorgeheizten Ofen bei 180 Umluft ca. 90 Min. zugedeckt garen.
6. Datteln entkernen und vierteln und ca. 15 Min. vor Ende der Garzeit mit in die Auflaufform geben und anschließend servieren.

80. Buchweizen-Brokkoli mit Hähnchen

Zutaten für 1 Portion:

- 150 g Hähnchengeschnetzeltes
- 75 g Buchweizen
- 150 g Brokkoli
- 1 EL Olivenöl
- Salz
- Pfeffer

Nährwertangaben pro Portion:

- Kalorien: 389 kcal
- Kohlenhydrate: 24,1 g
- Fett: 14,7 g
- Eiweiß: 38,3 g

Zubereitungszeit: 30–40 Minuten

Zubereitung:

1. Den Buchweizen nach Packungsanweisung in leicht gesalzenem Wasser kochen.
2. Brokkoliröschen abtrennen, putzen und in einem weiteren Topf garen.
3. Öl in einer Pfanne erhitzen und das Hähnchen darin anbraten.
4. Buchweizen und Brokkoli abgießen und miteinander vermischen.
5. Hähnchen dazugeben und servieren.

Tipp: Brokkoli ist nicht nur sehr reich an Vitamin C, sondern stärkt sogar die Sehkraft und kann eine Hilfe beim Abnehmen sein.

81. Rührei mit Spinat und Schinken

Zutaten für 1 Portion:

- 1 Scheibe Schinken
- 2 Eier
- 200 g Blattspinat (tiefgekühlt)
- 1 EL Milch
- Salz
- Pfeffer

Nährwertangaben pro Portion:

- Kalorien: 304 kcal
- Kohlenhydrate: 2,6 g
- Fett: 13,6 g
- Eiweiß: 41,2 g

Zubereitungszeit: 15 Minuten

Zubereitung:

1. Spinat in einen Topf geben und auftauen lassen.
2. Schinken würfeln und in etwas Öl anbraten.
3. Währenddessen die Eier aufschlagen und mit Milch, Salz und Pfeffer verquirlen.
4. Die Masse in die Pfanne zu dem Schinken geben und stocken lassen.
5. Spinat mit dem Schinkenrührei servieren.

82. Hähnchenstreifen mit Couscous-Gemüse

Zutaten für 1 Portion:

- 100 g Hähnchenfilet
- 1 EL Öl
- 50 g Couscous
- 60 g Brokkoli
- ½ rote Zwiebel
- 100 g Möhren
- Saft einer halben Limette
- Salz
- Pfeffer
- Currypulver

Nährwertangaben pro Portion:

- Kalorien: 455 kcal
- Kohlenhydrate: 46,6 g
- Fett: 14,6 g
- Eiweiß: 31,1 g

Zubereitungszeit: 40 Minuten

Zubereitung:

1. Den Couscous nach Packungsanweisung kochen.
2. Brokkoli putzen und klein schneiden.
3. Möhren schälen, in dünne Scheiben schneiden und zusammen mit dem Brokkoli bissfest garen. Die Zwiebel in dünne Ringe schneiden und in einer Pfanne mit Öl glasig dünsten.
4. Das Hähnchenfilet in Streifen schneiden und mit Salz, Pfeffer und Curry würzen. Anschließend mit in die Pfanne zu den Zwiebelringen geben.
5. Limettensaft über das Hähnchen geben und alles zusammen servieren.

83. Hackfleisch-Couscous-Pfanne

Zutaten für 1 Portion:

- 150 g rote Paprika
- 50 g Champignons
- 200 g Aubergine
- 100 g Hackfleisch
- 50 g Couscous
- 50 ml Gemüsebrühe
- 1 EL Olivenöl
- 50 g griechischer Joghurt
- Salz
- Pfeffer
- Kreuzkümmel

Nährwertangaben pro Portion:

- Kalorien: 590 kcal
- Kohlenhydrate: 32 g
- Fett: 38 g
- Eiweiß: 30 g

Zubereitungszeit: 25 Minuten

Zubereitung:

1. Das Gemüse waschen, Paprika entkernen und ebenso wie Pilze in Streifen schneiden, die Aubergine vierteln.
2. Öl in einer Pfanne erhitzen und das Hackfleisch darin krümelig anbraten. Anschließend würzen.
3. Couscous in eine Schüssel geben und mit Brühe übergießen (dabei die Packungsanweisung beachten).
4. Das Gemüse zum Hackfleisch geben und mit anbraten.
5. Couscous dazugeben und alles vermischen.
6. Die Couscouspfanne mit dem griechischen Joghurt servieren.

84. Couscous-Hähnchen-Pfanne

Zutaten für 1 Portion:

- 100 g Hähnchenbrustfilet
- etwas Öl
- 100 g vorgegarte Rote Bete
- 25 ml Weißwein
- 75 ml Gemüsebrühe
- 100 g Zucchini
- ½ rote Zwiebel
- 50 g Couscous
- Salz
- Pfeffer

Nährwertangaben pro Portion:

- Kalorien: 420 kcal
- Kohlenhydrate: 49 g
- Fett: 8 g
- Eiweiß: 30 g

Zubereitungszeit: 20 Minuten

Zubereitung:

1. Das Hähnchenbrustfilet in einer Pfanne mit etwas Öl von beiden Seiten anbraten.
2. Zucchini waschen und vierteln. Zwiebel in dünne Ringe schneiden.
3. Beides ebenfalls in eine Pfanne mit Öl geben und anbraten.
4. Die Rote Bete würfeln und dazugeben.
5. Alles mit Wein und Gemüsebrühe ablöschen.
6. Couscous in die Pfanne geben und mit den restlichen Zutaten verrühren.
7. Die Pfanne vom Herd nehmen und zugedeckt 5 Min. quellen lassen.
8. Couscouspfanne mit Hähnchen servieren.

85. Polentaschnitten mit Blumenkohl-Couscous

Zutaten für 1 Portion:

- 600 ml Wasser
- 40 g Polenta
- 50 g Couscous
- ½ rote Paprika
- 1 TL Butter
- 200 g Blumenkohl
- ½ rote Zwiebel
- 2 TL Öl
- Salz, Pfeffer, Kreuzkümmel
- etwas Zitronensaft

Nährwertangaben pro Portion:

- Kalorien: 290 kcal
- Kohlenhydrate: 30 g
- Fett: 15 g
- Eiweiß: 7 g

Zubereitungszeit: 80 Minuten

Zubereitung:

1. Wasser mit Salz und dem Großteil der Butter in einem Topf zum Kochen bringen. Polenta langsam einrieseln lassen. 5–10 Min. bei schwacher Hitze quellen lassen. Die Masse auf einem Backblech glattstreichen und eine Stunde auskühlen lassen.

2. Couscous nach Packungsanweisung zubereiten. Blumenkohl und Paprika waschen. Blumenkohl sehr fein hacken. Paprika und Zwiebel sehr fein würfeln. Mit Öl, Blumenkohl und Gewürzen mischen und im vorgeheizten Backofen bei 180° C 15 Min. garen.

3. Polenta in Stücke schneiden und in einer Pfanne mit etwas Butter anbraten. Polenta mit Zitronensaft beträufeln. Blumenkohl-Gemüse mit Couscous vermischen und mit Polentaschnitten servieren.

86. Hähnchen-Avocado-Tagliata mit Bohnen

Zutaten für 1 Portion:

- 150 g Hähnchenbrustfilet
- 3 EL Tomatensaft
- 1 rote Zwiebel
- 150 g Prinzessbohnen (Dose)
- 4 EL Mais (Dose)
- 60 g Tomaten
- ½ Avocado
- Saft einer halben Zitrone
- 1 EL Olivenöl
- Salz
- Pfeffer

Nährwertangaben pro Portion:

- Kalorien: 465 kcal
- Kohlenhydrate: 21 g
- Fett: 23 g
- Eiweiß: 44 g

Zubereitungszeit: 30 Minuten

Zubereitung:

1. Das Fleisch würzen und in einer Pfanne mit etwas Öl anbraten. Mit 1 EL Tomatensaft beträufeln und im vorgeheizten Backofen bei 150° C Umluft 12–15 Min. weitergaren. Die Zwiebel würfeln und in einer Pfanne mit etwas Öl andünsten. Mais und Bohnen abgießen und mit zu den Zwiebelwürfeln geben. Alles gut würzen.
2. Tomaten waschen, halbieren und hinzufügen. Rest Tomatensaft und etwas Wasser ebenfalls in die Pfanne geben und verrühren. Alles zugedeckt 5 Min. köcheln lassen. Avocado schälen und Fruchtfleisch in Scheiben schneiden.
3. Hähnchen aus dem Ofen nehmen und zusammen mit den Avocadoscheiben und dem Gemüse anrichten.

87. Gemüsepfanne mit Geflügel

Zutaten für 1 Portion:

- 100 g Hähnchengeschnetzeltes
- etwas Öl
- 1 rote Zwiebel
- 50 g Champignons
- 1 rote Paprika
- 50 g Brokkoli
- 2 EL Sojasoße
- Salz
- Pfeffer

Nährwertangaben pro Portion:

- Kalorien: 228 kcal
- Kohlenhydrate: 14,8 g
- Fett: 3,9 g
- Eiweiß: 32,2 g

Zubereitungszeit: 20–25 Minuten

Zubereitung:

1. Die Zwiebel in dünne Ringe schneiden. Champignons putzen und in Scheiben schneiden.
2. Paprika waschen, entkernen und in dünne Streifen schneiden. Brokkoli ebenfalls putzen und in Röschen teilen.
3. Hähnchen gut würzen und in einer Pfanne mit etwas Öl anbraten.
4. Das Fleisch aus der Pfanne nehmen und das Gemüse darin anbraten.
5. Brokkoli je nach Geschmack ggf. vorher 5 Min. in einem Topf mit heißem Wasser garen, damit er zarter wird.
6. Fleisch wieder in die Gemüsepfanne geben und die Sojasoße unterrühren.

88. Hähnchen mit Feta-Tomatensoße

Zutaten für 1 Portion:

- 100 g Hähnchenbrust
- 1 Zucchini
- 150 g Kirschtomaten
- 40 g Feta
- 1 Knoblauchzehe
- 1 EL Öl

Nährwertangaben pro Portion:

- Kalorien: 223 kcal
- Kohlenhydrate: 3 g
- Fett: 9 g
- Eiweiß: 31,2 g

Zubereitungszeit: 25 Minuten

Zubereitung:

1. Das Hähnchen in Streifen schneiden.
2. Zucchini und Tomaten waschen. Zucchini halbieren und in Scheiben schneiden. Tomaten vierteln.
3. Den Feta würfeln.
4. Den Knoblauch fein hacken.
5. Das Hähnchen und die Zucchini in einer Pfanne mit etwas Öl anbraten, Knoblauch hinzufügen und mitbraten. Alles würzen.
6. In einer weiteren Pfanne Tomaten und Feta garen, bis der Feta etwas zerlaufen ist.
7. Alles zusammen auf einem Teller anrichten.

Tipp: Zucchinis haben eine entwässernde Wirkung und können somit gerade beim Abnehmen helfen.

89. Kokoshähnchen mit Sellerie-Grünkohl-Buchweizen

Zutaten für 1 Portion:

- 150 g Hähnchen
- 50 g Buchweizen
- 30 g Grünkohl
- 30 g Sellerie
- ½ rote Zwiebel
- 1 Knoblauchzehe
- 150 ml Kokosmilch
- 50 ml Hühnerbrühe
- 1 TL Olivenöl
- Kurkumapulver

Nährwertangaben pro Portion:

- Kalorien: 583 kcal
- Kohlenhydrate: 23,4 g
- Fett: 36,1 g
- Eiweiß: 40,4 g

Zubereitungszeit: 50–60 Minuten

Zubereitung:

1. Hähnchen in Stücke schneiden und mit Kurkuma und etwas Öl mischen. Eine halbe Stunde ziehen lassen.
2. Buchweizen nach Packungsanweisung kochen.
3. Sellerie waschen, schälen und in Stücke schneiden, Grünkohl putzen und beides die letzten 6–8 Min. mit in den Topf geben.
4. Zwiebel in dünne Ringe schneiden und den Knoblauch fein hacken. In einer Pfanne mit dem Rest Öl anbraten. Hähnchen hinzufügen und mitbraten.
5. Kokosmilch und Hühnerbrühe in die Pfanne geben und etwas einkochen lassen. Buchweizen mit Kokoshähnchen servieren.

90. Pak Choi mit mariniertem Hähnchen

Zutaten für 1 Portion:

- 100 g Hähnchenbrustfilet
- 1 EL Sojasoße
- 1 Möhre
- etwas Speisestärke
- ½ Lauchzwiebel
- 1 EL Erdnussöl
- 1 Baby-Pak-Choi
- ½ Knoblauchzehe
- 25 ml Gemüsebrühe
- Salz
- Pfeffer

Nährwertangaben pro Portion:

- Kalorien: 299 kcal
- Kohlenhydrate: 18,6 g
- Fett: 12,9 g
- Eiweiß: 26,2 g

Zubereitungszeit: 30 Minuten (+ 60 Minuten Ruhezeit)

Zubereitung:

1. Hähnchen in Streifen schneiden. Etwas Sojasoße mit der Speisestärke vermischen und das Fleisch darin eine Stunde marinieren.
2. Möhre schälen und in Streifen schneiden. Pak Choi waschen und den Strunk entfernen. Lauchzwiebel waschen und in kleine Stücke schneiden. Knoblauch fein hacken, in eine Pfanne geben und mit dem Hähnchen und der Hälfte des Erdnussöls anbraten.
3. Restliches Öl in eine zweite Pfanne geben, das Gemüse darin anbraten und mit der Brühe ablöschen.
4. Den Rest der Sojasoße und die Gewürze untermischen und das Gemüse zusammen mit dem Hähnchen servieren.

91. Brokkoli-Hackfleisch-Pfanne

Zutaten für 1 Portion:

- 250 g Brokkoli
- ½ rote Zwiebel
- 2 Tomaten
- 250 g Hackfleisch
- 1 EL Tomatenmark
- 1 TL Olivenöl
- etwas frische Petersilie
- Salz
- Pfeffer

Nährwertangaben pro Portion:

- Kalorien: 678 kcal
- Kohlenhydrate: 19,5 g
- Fett: 41 g
- Eiweiß: 59,5 g

Zubereitungszeit: 25–30 Minuten

Zubereitung:

1. Brokkoli putzen, Röschen abtrennen und 5–10 Min. in leicht gesalzenem Wasser bissfest garen.
2. In der Zwischenzeit die Zwiebel fein würfeln.
3. Tomaten waschen und ebenfalls in kleine Würfel schneiden.
4. Zwiebel mit etwas Öl in eine Pfanne geben und zusammen mit dem Hackfleisch anbraten, gut würzen.
5. Tomatenmark und Tomatenwürfel hinzufügen und umrühren. Einige Minuten köcheln lassen und den Brokkoli unterheben.
6. Mit frischer Petersilie garnieren und servieren.

92. Gefüllte Paprika mit Buchweizen

Zutaten für 1 Portion:

- 1 rote Paprika
- 125 g Rinderhackfleisch
- 1 rote Zwiebel
- 1 EL Olivenöl
- Salz, Pfeffer
- Paprika (edelsüß)
- Oregano (gerebelt)
- 60 g Buchweizen
- 1 EL Tomatenmark
- 100 ml passierte Tomaten
- 50 ml Rinderbrühe

Nährwertangaben pro Portion:

- Kalorien: 521 kcal
- Kohlenhydrate: 41,5 g
- Fett: 20,7 g
- Eiweiß: 33,6 g

Zubereitungszeit: 70 Minuten

Zubereitung:

1. Die Paprika waschen, den Deckel abschneiden und die Kerne entfernen. Die Zwiebel fein würfeln. Das Hackfleisch mit der Hälfte der Zwiebel und den Gewürzen in einer Schüssel vermischen und anschließend in die Paprika füllen.
2. Das Olivenöl in einer Pfanne erhitzen und die restliche Zwiebel darin anbraten. Tomatenmark dazugeben. Kurz darauf mit der Rinderbrühe und den passierten Tomaten ablöschen. Anschließend alles gut würzen. 5 Min. köcheln lassen.
3. Die Paprika in eine Auflaufform geben und die Soße darin verteilen. Bei 200° C Umluft 45 Min. garen.
4. In der Zwischenzeit Buchweizen nach Packungsanweisung kochen und schließlich mit der gefüllten Paprika servieren.

93. Spargelpfanne mit Hähnchen

Zutaten für 1 Portion:

- 150 g Hähnchengeschnetzeltes
- 100 g Zucchini
- 100 g grüner Spargel
- 50 g rote Paprika
- 100 ml Cremefine
- 1 EL Crème fraîche
- 1 EL Olivenöl
- Salz
- Pfeffer

Nährwertangaben pro Portion:

- Kalorien: 411 kcal
- Kohlenhydrate: 11,5 g
- Fett: 25 g
- Eiweiß: 35,1 g

Zubereitungszeit: 25–30 Minuten

Zubereitung:

1. Das Hähnchen in eine Pfanne mit etwas Olivenöl geben und darin anbraten. Gut würzen.
2. Paprika und Zucchini waschen, Paprika entkernen, und beides in kleine Würfel schneiden.
3. Spargel waschen und die Enden abschneiden.
4. Das Gemüse 10 Min in einer Pfanne mit dem Rest des Öls anbraten.
5. Crème Fraîche und Cremefine dazugeben und köcheln lassen.
6. Zum Schluss das Hähnchen mit in die Pfanne legen.

94. Rindersteak mit grünem Spargel

Zutaten für 1 Portion:

- 150 g Rindersteak
- 1 EL Olivenöl
- 20 g Bärlauch
- 2 EL gemahlene Mandeln
- 200 g grüner Spargel
- 100 g Erdbeeren
- ½ Zitrone
- 1 TL Senf
- Salz
- Pfeffer
- 1 TL Balsamico

Nährwertangaben pro Portion:

- Kalorien: 547 kcal
- Kohlenhydrate: 18 g
- Fett: 32 g
- Eiweiß: 46 g

Zubereitungszeit: 30–40 Minuten

Zubereitung:

1. Die Erdbeeren waschen, entkelchen, halbieren und mit Balsamico, Salz, Pfeffer und dem Großteil des Zitronensafts marinieren. In den Kühlschrank stellen. Den Bärlauch waschen, klein schneiden und mit etwas Olivenöl, dem Rest Zitronensaft, Mandeln und Senf vermischen.

2. Den Spargel putzen und die Enden abschneiden. 1 TL Olivenöl in einer Pfanne erhitzen und den Spargel darin einige Minuten scharf anbraten.

3. In einer weiteren Pfanne mit dem restlichen Öl das Fleisch anbraten und würzen. Anschließend mit der Bärlauchmischung bestreifen und im vorgeheizten Backofen bei 200° C Umluft 5–7 Min. backen.

4. Die Erdbeeren zum Spargel geben und kurz mitdünsten.

95. Schweinelende an Bohnen und Süßkartoffeln

Zutaten für 1 Portion:

- 1 Süßkartoffel
- 120 g Schweinelende
- 150 g grüne Bohnen
- 1 EL Öl
- 1 EL Mandelblättchen
- Pfeffer
- Salz

Nährwertangaben pro Portion:

- Kalorien: 741 kcal
- Kohlenhydrate: 81 g
- Fett: 29 g
- Eiweiß: 38 g

Zubereitungszeit: 45 Minuten

Zubereitung:

1. Süßkartoffel waschen und in dünne Scheiben schneiden.
2. Auf ein Backblech legen, mit der Hälfte des Öls beträufeln und gut würzen. Bei 230° C Ober-/ Unterhitze 30 Min. backen.
3. In der Zwischenzeit die Bohnen einige Minuten bissfest garen. Die Lende in Scheiben schneiden und gut würzen.
4. Anschließend in eine Pfanne mit dem Rest Öl geben und anbraten.
5. Die Mandeln in einer weiteren Pfanne ohne Fett anrösten.
6. Alles zusammen anrichten und servieren.

Tipp: Süßkartoffeln liefern sehr viel Vitamin E. Bereits 300 g des Gemüses decken den Tagesbedarf an Vitamin E.

96. Hähnchen im Spinat-Feta-Bett

Zutaten für 1 Portion:

- 120 g Hähnchenbrust
- 1 Knoblauchzehe
- ½ Zwiebel
- 50 g Feta
- 250 g Blattspinat
- Salz
- Pfeffer
- 2 EL Olivenöl

Nährwertangaben pro Portion:

- Kalorien: 593 kcal
- Kohlenhydrate: 10 g
- Fett: 39 g
- Eiweiß: 44 g

Zubereitungszeit: 20–25 Minuten

Zubereitung:

1. Spinat waschen. Knoblauch und Zwiebel schälen und sehr fein würfeln.
2. 1 EL Öl in einer Pfanne erhitzen und beides darin anbraten, anschließend den Spinat dazugeben.
3. Das Hähnchen würzen und in einer weiteren Pfanne mit dem restlichen Öl von beiden Seiten braten.
4. Den Feta über dem Spinat zerbröseln.
5. Die Spinatmischung auf einen Teller geben und das Hähnchen darauf betten.

97. Pfeffersteak mit Brokkoli

Zutaten für 1 Portion:

- 100 g Brokkoli
- 100 g grüne Bohnen
- 1 Süßkartoffel
- 200 g Rinderfilet
- 30 g Naturjoghurt
- 125 ml Rinderbrühe
- 1 TL Rotweinessig
- 1 EL Olivenöl
- Salz
- frisch gemahlener schwarzer Pfeffer

Nährwertangaben pro Portion:

- Kalorien: 777 kcal
- Kohlenhydrate: 83 g
- Fett: 24 g
- Eiweiß: 56 g

Zubereitungszeit: 45–50 Minuten

Zubereitung:

1. Die Süßkartoffel waschen und in Spalten schneiden. Anschließend 10 Min. kochen und auf ein Backblech legen. Mit etwas Öl beträufeln und salzen. Im vorgeheizten Backofen bei 200° C Umluft 30 Min. backen.
2. In der Zwischenzeit Bohnen und Brokkoli waschen, beim Brokkoli Röschen abtrennen und beides zusammen in leicht gesalzenem Wasser ca. 5 Min. bissfest garen. Etwas Öl in einer Pfanne erhitzen und das Fleisch darin anbraten.
3. Das Fleisch aus der Pfanne nehmen und den Rotweinessig und die Brühe hineingeben. 5 Min. köcheln lassen und anschließend den Joghurt unterrühren Rinderfilet zusammen mit der Soße, den Süßkartoffelspalten und dem Gemüse servieren.

98. Hackpfanne mit Kichererbsen

Zutaten für 1 Portion:

- 120 g Rinderhack
- 150 g Kichererbsen (Dose)
- Knoblauchzehe
- ½ rote Zwiebel
- 1 rote Paprika
- 1 EL Öl
- 100 ml Rinderbrühe
- 1 TL Tomatenmark
- 1 EL Naturjoghurt
- frischer Koriander
- Salz
- Pfeffer

Nährwertangaben pro Portion:

- Kalorien: 598 kcal
- Kohlenhydrate: 32 g
- Fett: 34 g
- Eiweiß: 38 g

Zubereitungszeit: 25–30 Minuten

Zubereitung:

1. Zwiebel und Knoblauch schälen und sehr fein hacken. Die Paprika waschen, entkernen und in Streifen schneiden.
2. Das Öl in einer Pfanne erhitzen und Zwiebel und Knoblauch darin anbraten. Anschließend das Hackfleisch hinzufügen und mitbraten. Paprika und Tomatenmark dazugeben und alles gut würzen.
3. Alles mit der Brühe ablöschen und 5 Min. köcheln lassen.
4. Koriander waschen und Blätter abzupfen.
5. Zum Schluss die Kichererbsen hinzufügen und alles nochmals einige Minuten köcheln lassen. Mit Joghurt und Koriander garnieren.

99. Rinderfilet mit Rosenkohl

Zutaten für 1 Portion:

- 200 g Rinderfilet
- 200 g Rosenkohl
- ½ rote Zwiebel
- 1 TL Butterschmalz
- 1 TL Olivenöl
- Pfeffer
- Salz

Nährwertangaben pro Portion:

- Kalorien: 447 kcal
- Kohlenhydrate: 10 g
- Fett: 22 g
- Eiweiß: 52 g

Zubereitungszeit: 35–40 Minuten

Zubereitung:

1. Den Rosenkohl putzen und 15–20 Min. bissfest kochen.
2. Währenddessen Butterschmalz in einer Pfanne erhitzen und das gewürzte Fleisch darin anbraten.
3. Das Fleisch in Alufolie wickeln und im vorgeheizten Backofen bei 220° C Umluft 7–9 Min. backen.
4. In der Zwischenzeit die Zwiebel fein hacken und in einer weiteren Pfanne mit etwas Öl glasig dünsten.
5. Den Rosenkohl hinzufügen und mitbraten.
6. Das Steak mit dem Rosenkohl servieren.

Fisch

100. Tunesischer Eiweißsalat

Zutaten für 1 Portion:

- 1 Ei
- 1 EL Olivenöl
- 1 Kartoffel
- 8 schwarze Oliven
- 125 g frischer Thunfisch
- etwas Zitronensaft
- 1 Kopf Römersalat
- 1 Tomate
- 1 Gewürzgurke
- etwas Petersilie
- Salz, Pfeffer

Nährwertangaben pro Portion:

- Kalorien: 600 kcal
- Kohlenhydrate: 29 g
- Fett: 31 g
- Eiweiß: 51 g

Zubereitungszeit: 35–40 Minuten

Zubereitung:

1. Kartoffel, Petersilie, Römersalat und Tomate waschen.
2. Die Kartoffel in Würfel schneiden und anschließend ca. 20 Min. kochen. Das Ei 10 Min. kochen, kurz auskühlen lassen, schälen und ebenfalls würfeln.
3. Petersilie sehr fein hacken. Oliven klein schneiden und mit etwas Öl, Zitronensaft und Gewürzen vermischen.
4. Den Römersalat in Streifen schneiden. Tomate und Gurke würfeln und mit dem Salat vermengen.
5. Den Thunfisch in grobe Stücke zerteilen und in einer Pfanne mit dem Rest Öl kurz anbraten.
6. Alles zusammen in eine Schüssel geben, vermischen und servieren.

101. Lachs mit Avocado und Kidneybohnen

Zutaten für 1 Portion:

- 150 g Lachs
- 4 Kirschtomaten
- ½ Limette
- 200 g Kidneybohnen (Dose)
- 1 rote Paprika
- 100 g Grünkohl
- 1 EL Olivenöl
- ½ Avocado
- 1 TL Chilisoße
- frischer Koriander
- Salz
- Pfeffer

Nährwertangaben pro Portion:

- Kalorien: 924 kcal
- Kohlenhydrate: 41 g
- Fett: 65 g
- Eiweiß: 49 g

Zubereitungszeit: 20–30 Minuten

Zubereitung:

1. Saft aus der Limette pressen und die Hälfte davon in einer Schale mit der Chilisoße vermischen. Den Lachs darin wenden.
2. Koriander und Tomaten waschen. Den Koriander sehr fein hacken. Die Avocado schälen, das Fruchtfleisch ebenso wie die Tomaten würfeln. Koriander, Tomaten und Avocado zusammen mit dem Rest Limettensaft und Salz und Pfeffer in einer Schüssel verrühren. In einer Pfanne etwas Öl erhitzen und den Lachs darin anbraten.
3. In der Zwischenzeit die Bohnen abtropfen lassen. Paprika waschen, entkernen und würfeln. Grünkohl waschen und grob hacken. Alles in die Pfanne mit dem Lachs geben und 5 Min. mitbraten.
4. Lachsgemüse und Avocadosalat zusammen servieren.

102. Seelachs im Limetten-Kokos-Mantel

Zutaten für 1 Portion:

- 1 Stück Alaska-Seelachs-Filet
- 200 g frischer Spinat
- 1 Limette
- 1 EL Kokosöl
- 1 Knoblauchzehe
- Salz
- Pfeffer

Nährwertangaben pro Portion:

- Kalorien: 323 kcal
- Kohlenhydrate: 5 g
- Fett: 17 g
- Eiweiß: 34 g

Zubereitungszeit: 20 Minuten

Zubereitung:

1. Knoblauch schälen und sehr fein hacken. Limettenschale abreiben. Kokosöl leicht anwärmen.
2. Alles in einen tiefen Teller geben, mit Salz und Pfeffer würzen und verrühren.
3. Den Seelachs in der Soße wenden, in eine Pfanne geben und von beiden Seiten gut anbraten.
4. Die Limette auspressen.
5. Den Spinat waschen, mit 1 EL Limettensaft, Salz und Pfeffer würzen und mit dem Fisch servieren.

103. Zitronenlachs auf Spargel

Zutaten für 1 Portion:

- 120 g Lachsfilet
- ½ Knoblauchzehe
- 250 g grüner Spargel
- 1 Zitrone
- ½ TL Honig
- ¼ TL Dijon-Senf
- 1 EL Olivenöl
- Salz
- Pfeffer

Nährwertangaben pro Portion:

- Kalorien: 417 kcal
- Kohlenhydrate: 10 g
- Fett: 30 g
- Eiweiß: 30 g

Zubereitungszeit: 30 Minuten

Zubereitung:

1. Zitrone auspressen. Den Knoblauch schälen und pressen.
2. Zusammen mit Zitronensaft, Honig, Öl und Senf verrühren.
3. Den Spargel waschen und die Enden abschneiden.
4. In eine Auflaufform geben, den Lachs darauflegen und mit der Paste bestreichen.
5. Einige Zitronenscheiben auf dem Lachs verteilen und im vorgeheizten Backofen bei 200° C Umluft 20 Min. backen.

Tipp: Lachs liefert dem Körper neben Omega-3-Fettsäuren auch viel Vitamin E, A und D.

104. Gebackener Lachs mit Rucolasalat

Zutaten für 1 Portion:

- 1 Lachsfilet
- 150 g Rucola
- 100 g Kirschtomaten
- 1 Zitrone
- 2 EL Olivenöl
- 1 Knoblauchzehe
- 1 EL Balsamico
- Salz
- Pfeffer

Nährwertangaben pro Portion:

- Kalorien: 336 kcal
- Kohlenhydrate: 10,6 g
- Fett: 28,9 g
- Eiweiß: 25,9 g

Zubereitungszeit: 35–40 Minuten

Zubereitung:

1. Zitrone auspressen. Den Knoblauch schälen und pressen.
2. Zusammen mit 1 EL Öl, etwas Zitronensaft, Salz und Pfeffer vermischen und anschließend den Lachs damit bestreichen.
3. Den Lachs im vorgeheizten Backofen 25–30 Min. bei 180° C Umluft garen.
4. In der Zwischenzeit Rucola und Tomaten waschen.
5. Die Tomaten würfeln. Beides mit Balsamico und etwas Zitronensaft in einer Schüssel vermengen und zusammen mit dem Lachs servieren.

105. Thunfisch mit weißen Bohnen

Zutaten für 1 Portion:

- ¼ Dose Thunfisch
- 250 g weiße Bohnen (Dose)
- ½ Knoblauchzehe
- etwas Zitronensaft
- 1 TL Kapern
- Salz
- Pfeffer

Nährwertangaben pro Portion:

- Kalorien: 210 kcal
- Kohlenhydrate: 21 g
- Fett: 1 g
- Eiweiß: 29 g

Zubereitungszeit: 5–10 Minuten

Zubereitung:

1. Thunfisch und Bohnen abgießen.
2. Den Knoblauch schälen und pressen.
3. Kapern und Zitronensaft in einem Standmixer pürieren und gut würzen.
4. Alles zusammenmischen und servieren.

106. Kabeljau mit buntem Gemüse

Zutaten für 1 Portion:

- 1 Kabeljaufilet
- 100 g Zucchini
- 100 g rote Paprika
- 100 g Aubergine
- ½ rote Zwiebel
- 1 EL Olivenöl (kaltgepresst)
- ½ Knoblauchzehe
- etwas Zitronensaft
- ½ Dose Kichererbsen
- Salz
- Pfeffer
- frische Petersilie

Nährwertangaben pro Portion:

- Kalorien: 380 kcal
- Kohlenhydrate: 14 g
- Fett: 15 g
- Eiweiß: 30 g

Zubereitungszeit: 25 Minuten

Zubereitung:

1. Das Fischfilet mit Zitronensaft beträufeln und mit Salz und Pfeffer würzen.
2. Zwiebel und Knoblauch schälen. Paprika, Aubergine und Zucchini waschen und grob zerteilen.
3. Etwas Öl in einer Pfanne erhitzen und das Gemüse darin andünsten.
4. Kichererbsen abtropfen lassen und in die Pfanne mit dem Gemüse geben. Den Fisch in einer Pfanne mit etwas Öl von beiden Seiten braten.
5. Petersilie waschen. Das Gemüse mit dem Fisch auf einem Teller anrichten und mit der Petersilie garnieren.

107. Thunfischbällchen mit Bohnensalat

Zutaten für 1 Portion:

- 120 g Thunfisch (Dose)
- 150 g grüne Bohnen (Dose)
- 2 Schalotten
- 1 EL Kapern
- 3 EL Haferflocken
- 1 EL Rotweinessig
- 1 TL Agavendicksaft
- 2 TL Ajvar
- 2 EL Olivenöl
- 1 Ei
- Salz
- Pfeffer

Nährwertangaben pro Portion:

- Kalorien: 430 kcal
- Kohlenhydrate: 25 g
- Fett: 18 g
- Eiweiß: 42 g

Zubereitungszeit: 25–30 Minuten

Zubereitung:

1. Schalotten schälen und fein hacken.
2. Bohnen waschen und 8–10 Min. in leicht gesalzenem Wasser bissfest garen. Abtropfen lassen und die Hälfte der Schalottenwürfel hinzufügen.
3. Thunfisch abtropfen lassen und das Ei, Ajvar, den Rest der Schalotte, die Kapern, Haferflocken, Salz und Pfeffer dazugeben.
4. Aus der Masse einige Bällchen formen und in einer Pfanne mit etwas Öl gut anbraten.
5. Restliches Öl, Agavendicksaft und Essig mit den Bohnen mischen.
6. Bohnensalat zusammen mit den Thunfischbällchen servieren.

108. Sesamlachs auf buntem Salat

Zutaten für 1 Portion:

- 1 Lachsfilet
- 1 EL Olivenöl
- 40 g Möhren
- 30 g Mozzarellakugeln
- 0,5 EL Weißweinessig
- 100 g Salatgurke
- 1 TL Honig
- ½ TL Sesam
- 50 g Radieschen
- Salz, Pfeffer
- etwas Zitronensaft

Nährwertangaben pro Portion:

- Kalorien: 620 kcal
- Kohlenhydrate: 10 g
- Fett: 44 g
- Eiweiß: 42 g

Zubereitungszeit: 25–30 Minuten

Zubereitung:

1. Eine Auflaufform mit etwas Öl einfetten. Lachsfilet mit ein wenig Olivenöl und Zitronensaft beträufeln und in die Auflaufform legen. Im vorgeheizten Backofen bei 200° C Umluft 20 Min. garen.
2. In der Zwischenzeit die Radieschen putzen und in Scheiben schneiden. Möhren ebenfalls schälen und in feine Streifen schneiden. Die Gurke waschen und würfeln.
3. Aus Essig, Honig, Öl und etwas Wasser eine Vinaigrette rühren und gut würzen. Mozzarella abtropfen lassen. Den Lachs aus dem Ofen nehmen und mit zwei Gabeln in Stücke zupfen. Anschließend mit Sesam bestreuen.
4. Vinaigrette und Mozzarella über das Gemüse geben und mit dem Fisch servieren.

109. Zanderfilet auf Zucchini

Zutaten für 1 Portion:

- 60 g Zanderfilet
- 100 g gelbe Zucchini
- 100 g grüne Zucchini
- 1 Frühlingszwiebel
- 35 ml Gemüsebrühe
- ½ Zitrone
- Salz
- Pfeffer

Nährwertangaben pro Portion:

- Kalorien: 224 kcal
- Kohlenhydrate: 9,6 g
- Fett: 12,8 g
- Eiweiß: 17,5 g

Zubereitungszeit: 20–25 Minuten

Zubereitung:

1. Die Zucchini waschen, vierteln und entkernen. Anschließend weiter grob zerteilen. Die Frühlingszwiebel waschen und in Ringe schneiden.
2. Gemüsebrühe aufkochen und Zucchini und Zwiebel hinzufügen. Zugedeckt bei mittlerer Hitze 6–8 Minuten dünsten.
3. Die Zitrone in Spalten schneiden.
4. Den Zander halbieren und würzen, auf das Gemüse geben und mitgaren.
5. Zander mit dem Gemüse servieren und mit den Zitronenspalten garnieren.

Tipp: Sie können das Zanderfilet auch durch ein anderes Fischfilet Ihrer Wahl ersetzen.

110. Grillforelle mit Brokkoli

Zutaten für 1 Portion:

- 200 g Brokkoli
- 250 g Forelle
- 1 Zitrone
- frischer Dill
- frischer Thymian
- Salz
- Pfeffer

Nährwertangaben pro Portion:

- Kalorien: 420 kcal
- Kohlenhydrate: 9,4 g
- Fett: 19,3 g
- Eiweiß: 50 g

Zubereitungszeit: 20–25 Minuten

Zubereitung:

1. Brokkoli putzen, Röschen abtrennen und in leicht gesalzenem Wasser 8–10 Min. bissfest garen.
2. In der Zwischenzeit die Zitrone waschen, eine Hälfte auspressen und die andere in Scheiben schneiden.
3. Kräuter waschen.
4. Die Forelle auf ein Stück Alufolie legen.
5. Zitrone, Kräuter, Salz und Pfeffer in das Innere der Forelle legen und im vorgeheizten Backofen 15 Min. bei 200° C Ober-/Unterhitze (oder Grillfunktion) garen.
6. Forelle zusammen mit dem Brokkoli servieren.

111. Kabeljau mit Brokkoli und Walnüssen

Zutaten für 1 Portion:

- 150 g Kabeljau
- 150 g gehackte Tomaten
- 10 g gehackte Walnüsse
- 250 g Brokkoli
- 1 EL Olivenöl
- etwas Zitronensaft
- Pfeffer
- Salz

Nährwertangaben pro Portion:

- Kalorien: 390 kcal
- Kohlenhydrate: 14 g
- Fett: 20 g
- Eiweiß: 38 g

Zubereitungszeit: 25 Minuten

Zubereitung:

1. Brokkoli putzen, Röschen abtrennen und in einem Topf mit etwas Öl andünsten.
2. Tomaten hinzufügen und 10 Min. mitgaren.
3. Kabeljau mit Zitronensaft bestreichen und würzen.
4. Anschließend auf die Brokkoli-Tomaten-Mischung geben und 10 Min. zugedeckt mitgaren.
5. Alles auf einen Teller geben und mit den Walnüssen garnieren.

112. Fischbuletten mit Pak Choi

Zutaten für 1 Portion:

- 250 g Kabeljau
- 200 g Pak Choi
- 2 EL Hanfsamen
- 3 EL Mais
- 2 Lauchzwiebeln
- 1 Zitrone
- 2 EL Olivenöl
- 75 g Rote Bete
- 4 EL Gemüsebrühe
- 80 g Naturjoghurt
- 1 EL Senf
- Salz, Pfeffer

Nährwertangaben pro Portion:

- Kalorien: 475 kcal
- Kohlenhydrate: 25 g
- Fett: 25 g
- Eiweiß: 35 g

Zubereitungszeit: 40 Minuten

Zubereitung:

1. Den Fisch würfeln. Mit Hanf, Salz und Pfeffer mischen und pürieren. Lauchzwiebeln waschen und in Ringe schneiden. Zitrone heiß abwaschen, Schale abreiben und Zitrone auspressen. Mais mit Zitronenschale und Lauchzwiebeln zur Fisch-Hanf-Mischung geben und verrühren.
2. Pak Choi waschen und vierteln. In einer Pfanne etwas Öl erhitzen und Pak Choi mit der Schnittfläche nach unten zugedeckt andünsten. Rote Bete gut waschen, klein schneiden, hinzufügen und ebenfalls zugedeckt mit erwärmen. Fischmasse zu Buletten formen und in einer anderen Pfanne mit Öl braten. Joghurt, Senf, Salz, Pfeffer, Gemüsebrühe und etwas Zitronensaft verrühren. Als Soße zu den Fischbuletten mit Pak Choi servieren.

113. Gedämpfter Zander mit grünen Bohnen

Zutaten für 1 Portion:

- 200 g Zanderfilet
- 1 EL Sojasoße
- 200 g grüne Bohnen
- Zitronensaft
- 1 EL Olivenöl
- frischer Koriander
- 1 Frühlingszwiebel
- Salz
- Pfeffer

Nährwertangaben pro Portion:

- Kalorien: 632 kcal
- Kohlenhydrate: 21 g
- Fett: 33,1 g
- Eiweiß: 56,2 g

Zubereitungszeit: 20–25 Minuten

Zubereitung:

1. Den Zander mit Zitronensaft einreiben und gut würzen. In einer Pfanne etwas Öl erhitzen und den Fisch darin anbraten.
2. In der Zwischenzeit die Bohnen putzen und in leicht gesalzenem Wasser 10 Min. bissfest garen.
3. Die Frühlingszwiebel waschen, in Ringe schneiden und in einer weiteren Pfanne mit dem Rest Öl anbraten.
4. Die Bohnen hinzufügen und die Sojasoße unterrühren.
5. Koriander waschen.
6. Das Zanderfilet mit den Bohnen servieren und mit Koriander garnieren.

114. Rotbarsch mit Bohnen und Basilikumschaum

Zutaten für 1 Portion:

- 120 g dicke Bohnen
- 175 g Rotbarschfilet
- 2 EL Olivenöl
- ½ rote Zwiebel
- 1 Knoblauchzehe
- 30 ml Weißwein
- 1 Ei
- 1 EL Mehl
- etwas Zitronensaft
- Salz, Pfeffer, Basilikum (gehackt)

Nährwertangaben pro Portion:

- Kalorien: 555 kcal
- Kohlenhydrate: 30,1 g
- Fett: 22,9 g
- Eiweiß: 50,5 g

Zubereitungszeit: 25–30 Minuten

Zubereitung:

1. Knoblauch und Zwiebel schälen und fein hacken. In einer Pfanne etwas Öl erhitzen und die Zwiebel und den Knoblauch glasig dünsten. Bohnen aus den Schoten lösen, hinzufügen und mitdünsten. Alles gut würzen, Zitronensaft nach Belieben dazugeben und mischen.
2. Das Ei in einer Schüssel verquirlen. Eine Hälfte davon mit Salz und Pfeffer würzen. Den Rotbarsch schräg in dünne Scheiben schneiden und würzen. In Mehl wenden und anschließend im verquirlten Ei.
3. In einer Pfanne etwas Öl erhitzen und den Fisch darin anbraten.
4. Währenddessen das restliche Ei mit Weißwein und gehacktem Basilikum in einer Rührschüssel über einem heißen Wasserbad cremig schlagen. Fisch mit Bohnen mit Schaum zusammen servieren.

115. Vollkornspaghetti mit Lachs

Zutaten für 1 Portion:

- 75 g Lachs
- 50 g Möhren
- 50 g Lauch
- 75 g Vollkornspaghetti
- 1 EL Olivenöl
- 50 ml Fischfond
- 75 ml Sojacreme
- ½ Zitrone
- frische Petersilie
- Salz
- Pfeffer

Nährwertangaben pro Portion:

- Kalorien: 629 kcal
- Kohlenhydrate: 64,8 g
- Fett: 33 g
- Eiweiß: 28,6 g

Zubereitungszeit: 25 Minuten

Zubereitung:

1. Den Lachs würfeln. Die Möhren schälen und in Scheiben schneiden. Den Lauch waschen und in Ringe schneiden. Die Zitrone auspressen. Die Petersilie waschen und fein hacken. Die Spaghetti nach Packungsanweisung garen.
2. Währenddessen in einer Pfanne Öl erhitzen und den Lachs darin anbraten. Fischwürfel aus der Pfanne nehmen und das Gemüse darin andünsten.
3. Fischfond, Zitronensaft und Sojacreme mit in die Pfanne geben und zum Kochen bringen. Den Lachs wieder in die Pfanne geben und die Petersilie unterheben.
4. Die Nudeln abgießen, mit in die Pfanne geben und servieren.

116. Gebackenes Schollenfilet mit Spinat

Zutaten für 1 Portion:

- 40 g Vollkorn-Ciabatta
- ½ rote Zwiebel
- 75 g Blattspinat
- 180 g Schollenfilet
- 1 EL Olivenöl
- Zitronensaft
- 40 g Nordseekrabben
- Salz
- Pfeffer

Nährwertangaben pro Portion:

- Kalorien: 364 kcal
- Kohlenhydrate: 31,6 g
- Fett: 5,6 g
- Eiweiß: 47,4 g

Zubereitungszeit: 25 Minuten

Zubereitung:

1. Ciabatta in dünne Scheiben schneiden und im Backofen bei 180° C Umluft 5 Min. backen.
2. In der Zwischenzeit die Zwiebel schälen und in dünne Streifen schneiden.
3. Das Brot zu Croutons zerkleinern. Den Spinat waschen.
4. Das Schollenfilet mit etwas Zitronensaft beträufeln und mit Salz und Pfeffer würzen. In einer Pfanne etwas Öl erhitzen und den Fisch darin anbraten.
5. Die Zwiebelstreifen zusammen mit dem Spinat in einer anderen Pfanne mit dem Rest Öl anbraten. Zitronensaft untermischen. Anschließend die Krabben hinzufügen und mitbraten.
6. Croutons unterheben und zusammen mit dem Fischfilet servieren.

117. Räucherforelle mit Rucola

Zutaten für 1 Portion:

- 20 g Belugalinsen
- 1 Schalotte
- 100 g Chicorée
- 50 g vorgegarte Rote Bete
- 100 g Forellenfilet (geräuchert)
- 50 g Rucola
- 2 EL Essig
- 1 TL Senf
- 1 TL Olivenöl
- 1 Prise Zucker
- Salz
- Pfeffer

Nährwertangaben pro Portion:

- Kalorien: 432 kcal
- Kohlenhydrate: 47,1 g
- Fett: 14,6 g
- Eiweiß: 25 g

Zubereitungszeit: 20–30 Minuten

Zubereitung:

1. Die Linsen in 150 ml leicht gesalzenem Wasser 15 Min. köcheln lassen.
2. Währenddessen den Chicorée waschen und in Streifen schneiden. Die Rote Bete würfeln. Die Schalotte fein würfeln und mit Senf, Salz, Pfeffer, Essig, Öl und Zucker verrühren.
3. Linsen abgießen und unter das Dressing mischen.
4. Den Fisch in Stücke schneiden. Rucola waschen, mit Roter Bete und Chicorée mischen und alles mit der Linsen-Vinaigrette anrichten.

118. Garnelen-Gemüse

Zutaten für 1 Portion:

- 1 Orange
- 1 TL Sojasoße
- 1 TL Honig
- 3 Garnelen
- 1 EL Olivenöl
- 1 Fenchelknolle
- Salz
- Pfeffer
- Zucker

Nährwertangaben pro Portion:

- Kalorien: 288 kcal
- Kohlenhydrate: 32,2 g
- Fett: 10,7 g
- Eiweiß: 17,9 g

Zubereitungszeit: 15 Minuten

Zubereitung:

1. Orange halbieren und den Saft auspressen. Die Hälfte des Saftes mit der Sojasoße und dem Honig verrühren.
2. Fenchel putzen, in Scheiben schneiden und in einer Pfanne mit Öl ca. 5 Min. andünsten.
3. Anschließend den Rest des Orangensaftes unterrühren und mit Salz, Pfeffer und Zucker würzen.
4. Die Garnelen in einer weiteren Pfanne mit Öl anbraten und mit Salz und Pfeffer würzen.
5. Garnelen mit Fenchel und Orangensoße anrichten und servieren.

119. Gebratener Wolfsbarsch an Bohnenbrei

Zutaten für 1 Portion:

- 1 rote Zwiebel
- 100 g Tomaten
- 1 Knoblauchzehe
- 125 g Wolfsbarschfilet
- 1 EL Olivenöl
- 1 EL Obstessig
- 1 Prise Zucker
- ½ Dose weiße Bohnen
- 1 EL Gemüsebrühe
- Salz
- Pfeffer

Nährwertangaben pro Portion:

- Kalorien: 397 kcal
- Kohlenhydrate: 54,2 g
- Fett: 10,4 g
- Eiweiß: 17,5 g

Zubereitungszeit: 25 Minuten

Zubereitung:

1. Die Zwiebel schälen und fein würfeln. Tomaten waschen und ebenfalls würfeln. Die Hälfte der Zwiebel und der Tomaten mit Essig, etwas Öl, Salz, Zucker und Pfeffer vermischen.

2. Knoblauch ebenfalls schälen und pressen. Zusammen mit den übrigen Zwiebeln in einer Pfanne mit etwas Öl andünsten. Währenddessen die Bohnen abspülen.

3. Zusammen mit der Brühe in einen Topf geben und aufkochen lassen. Anschließend mit einem Pürierstab zu einer glatten Masse pürieren. Den Wolfsbarsch grob zerteilen und würzen. In einer Pfanne etwas Öl erhitzen, den Fisch von beiden Seiten gut anbraten und mit dem Tomatensalat, dem Bohnenbrei, den Zwiebeln servieren.

120. Seelachsfilet mit Zucchininudeln

Zutaten für 1 Portion:

- 1 EL Pinienkerne
- 2 EL Olivenöl
- 1 Knoblauchzehe
- ½ rote Zwiebel
- ½ Bund Basilikum
- 15 g Parmesan (gerieben)
- 40 g Polenta
- 1 Seelachsfilet
- 1 Zucchini
- ½ Ei
- Salz
- Pfeffer

Nährwertangaben pro Portion:

- Kalorien: 570 kcal
- Kohlenhydrate: 27 g
- Fett: 27 g
- Eiweiß: 45 g

Zubereitungszeit: 30 Minuten

Zubereitung:

1. Die Pinienkerne rösten. Knoblauch und Zwiebel schälen und fein hacken. Anschließend in einer Pfanne mit etwas Öl glasig dünsten. Basilikum waschen und zupfen und mit Pinienkernen, 1 EL Öl, Zwiebel und Knoblauch zu einem Pesto pürieren, vorher würzen.
2. Das Ei verquirlen und mit Salz und Pfeffer würzen. Lachs zunächst im Ei, anschließend in Polenta wenden und in einer Pfanne mit Öl anbraten.
3. Zucchini waschen, mit einem Spiralschneider schneiden und in einer Pfanne einige Minuten anbraten. Zucchininudeln mit etwas Pesto vermischen. Fisch, Zucchininudeln und restliches Pesto zusammen servieren, mit Parmesan bestreuen.

121. Zitronen-Zoodles mit Lachs

Zutaten für 1 Portion:

- 1 Stück Lachsfilet
- ½ rote Zwiebel
- ½ Knoblauchzehe
- 50 ml Cremefine
- 250 g Zucchini
- 1 EL Olivenöl
- Saft einer halben Zitrone
- Salz
- Pfeffer

Nährwertangaben pro Portion:

- Kalorien: 500 kcal
- Kohlenhydrate: 22 g
- Fett: 36,5 g
- Eiweiß: 22,7 g

Zubereitungszeit: 25 Minuten

Zubereitung:

1. Zucchini waschen und mit einem Spiralschneider schneiden. 2–3 Min. in leicht gesalzenem Wasser kochen und danach abgießen.
2. Knoblauch und Zwiebel schälen und sehr fein hacken.
3. Anschließend in einer Pfanne mit etwas Öl glasig dünsten, mit Cremefine ablöschen und Zitronensaft hinzufügen.
4. Zucchininudeln unter die Soße heben.
5. Den Lachs würfeln, würzen und in einer weiteren Pfanne mit Öl anbraten.
6. Lachs in die Zitronen-Zoodles geben und servieren.

122. Thunfischsalat mit Walnüssen

Zutaten für 1 Portion:

- 2 Handvoll Feldsalat
- 1 Dose Thunfisch
- 15 g gehackte Walnüsse
- 1 Apfel
- 1 TL Olivenöl
- Saft einer halben Zitrone
- 2 EL Joghurt
- ½ TL Senf
- Salz
- Pfeffer

Nährwertangaben pro Portion:

- Kalorien: 456 kcal
- Kohlenhydrate: 22,5 g
- Fett: 22,1 g
- Eiweiß: 35,4 g

Zubereitungszeit: 10 Minuten

Zubereitung:

1. Den Thunfisch abtropfen lassen. Salat waschen.
2. Den Apfel waschen, entkernen und in Würfel schneiden.
3. Aus Olivenöl, Zitronensaft, Joghurt, Senf, Salz und Pfeffer ein Dressing mischen.
4. Alle Zutaten in einer Schüssel vermengen und mit den Walnüssen garnieren.

Tipp: Falls Sie keine Zitronen im Haus haben können Sie auch Limettensaft verwenden.

123. Heilbutt mit grünem Spargel

Zutaten für 1 Portion:

- 1 Stück Heilbutt
- 1 Stück Ingwer (ca. 2 cm)
- 1 TL Sojasoße
- 30 g Austernpilze
- 3 Stangen grüner Spargel
- 1 TL Reiswein
- Salz
- Pfeffer

Nährwertangaben pro Portion:

- Kalorien: 44 kcal
- Kohlenhydrate: 5 g
- Fett: 1 g
- Eiweiß: 6 g

Zubereitungszeit: 35–40 Minuten

Zubereitung:

1. Den Spargel waschen und die Enden abschneiden. Die Pilze waschen und entstielen.
2. Ein Backblech mit Alufolie auslegen und das Fischfilet in die Mitte legen. Spargel und Pilze darum herum verteilen.
3. Den Ingwer schälen, fein reiben und auf dem Fisch verteilen. Anschließend mit Reiswein, Sojasoße, Salz und Pfeffer würzen.
4. Die Alufolie nach oben hin falten und die Ecken zusammenklappen.
5. Alles im vorgeheizten Backofen bei 200° C Umluft etwa 20–25 Min. backen.

124. Gebratene Jakobsmuscheln mit Grünkohl-Kürbis-Gemüse

Zutaten für 1 Portion:

- 5 mittelgroße Jakobsmuscheln
- Saft einer halben Zitrone
- 200 g Grünkohl
- ½ TL Salbei
- 200 g Kürbis
- 1 EL Olivenöl

Nährwertangaben pro Portion:

- Kalorien: 495 kcal
- Kohlenhydrate: 18 g
- Fett: 22 g
- Eiweiß: 57 g

Zubereitungszeit: 25–30 Minuten

Zubereitung:

1. Den Kürbis waschen, schälen und in kleine Würfel schneiden.
2. In einem Topf mit leicht gesalzenem Wasser 10 Min. garen, anschließend in einer Pfanne mit etwas Öl anschwitzen.
3. In einer weiteren Pfanne etwas Olivenöl erhitzen und die Jakobsmuscheln darin anbraten.
4. Auf einen Teller legen und Zitronensaft und Salbei darüber verteilen.
5. Grünkohl waschen und in einer Pfanne kurz andünsten.
6. Alles zusammen servieren.

Vegetarisches

125. Buchweizen mit Erdnusssoße

Zutaten für 1 Portion:

- 200 g Zucchini
- 70 g Buchweizen
- 1 EL Olivenöl
- 1 EL Erdnussmus
- 1 EL Wasser
- etwas Zitronensaft
- Salz
- Pfeffer

Nährwertangaben pro Portion:

- Kalorien: 481 kcal
- Kohlenhydrate: 58,1 g
- Fett: 20,8 g
- Eiweiß: 15,1 g

Zubereitungszeit: 20–25 Minuten

Zubereitung:

1. Den Buchweizen in etwa 150 ml leicht gesalzenem Wasser kochen.
2. Währenddessen die Zucchini waschen und klein schneiden.
3. Zucchini in eine Pfanne mit Öl geben und anbraten.
4. Anschließend würzen.
5. Das Erdnussmus mit Wasser und Zitronensaft glattrühren.
6. Zucchini mit Buchweizen und Erdnusssoße servieren.

126. Buchweizen-Gemüse-Pfanne

Zutaten für 1 Portion:

- 75 g Buchweizen
- ½ Rote Bete
- 50 g Tomaten
- 100 g Möhre
- 100 g Petersilienwurzeln
- Saft einer halben Zitrone
- 300 ml Gemüsebrühe
- 1 EL Olivenöl
- 2 EL Sonnenblumenöl
- Salz
- Pfeffer
- Estragon (gerebelt)

Nährwertangaben pro Portion:

- Kalorien: 781 kcal
- Kohlenhydrate: 86 g
- Fett: 41 g
- Eiweiß: 16 g

Zubereitungszeit: 55–60 Minuten

Zubereitung:

1. Buchweizen etwa 25 Min. in der Gemüsebrühe kochen.
2. In der Zwischenzeit Gemüse waschen, gegebenenfalls schälen und in kleine Würfel schneiden.
3. Sonnenblumenöl in einer Pfanne erhitzen, Rote Bete, Petersilienwurzel und Möhren darin anbraten und mit Salz, Pfeffer und Estragon würzen.
4. Das Gemüse in eine Auflaufform geben und Tomaten untermischen. Mit Olivenöl und Zitronensaft beträufeln und 10 Min. im vorgeheizten Backofen bei 180° C Umluft backen.

127. Geschmorte Puy-Linsen

Zutaten für 1 Portion:

- 100 g Kirschtomaten
- 1 EL Olivenöl
- ½ rote Zwiebel
- ½ Möhre
- 50 g Sellerie
- 1 Knoblauchzehe
- 75 g Puy-Linsen
- 50 g Grünkohl
- 220 ml Gemüsebrühe

Nährwertangaben pro Portion:

- Kalorien: 394 kcal
- Kohlenhydrate: 38 g
- Fett: 11,1 g
- Eiweiß: 23,9 g

Zubereitungszeit: 50–55 Minuten

Zubereitung:

1. Tomaten waschen, halbieren und im vorgeheizten Backofen bei 180° C Umluft 25-30 Min. garen.
2. Währenddessen Zwiebel in dünne Ringe schneiden.
3. Möhre schälen und in Scheiben schneiden. Sellerie ebenfalls schälen und klein schneiden. Knoblauch pressen.
4. In einem Topf etwas Öl erhitzen und das Gemüse darin anbraten. Die Linsen abspülen und zusammen mit der Gemüsebrühe in den Topf geben.
5. Zudeckt 20 Min. köcheln lassen, gelegentlich umrühren.
6. Grünkohl waschen, mit in den Topf geben und weiter 10 Min. köcheln lassen. Anschließend die Tomaten hinzufügen und servieren.

128. Möhren-Tagliatelle mit Tomaten und Rucola

Zutaten für 1 Portion:

- 200 g Möhren
- 1 EL Parmesan (gerieben)
- 1 EL Pinienkerne
- 20 g Rucola
- 70 g Kirschtomaten
- 25 ml Gemüsebrühe
- 1 EL Olivenöl
- frisches Basilikum
- Salz
- Pfeffer

Nährwertangaben pro Portion:

- Kalorien: 272 kcal
- Kohlenhydrate: 17 g
- Fett: 19 g
- Eiweiß: 9 g

Zubereitungszeit: 30–40 Minuten

Zubereitung:

1. Pinienkerne in einer Pfanne anrösten. Basilikum waschen und mit der Hälfte der Pinienkerne zermörsern. Anschließend mit dem geriebenen Parmesan mischen. Möhren schälen und mit einem Sparschäler in lange Streifen schneiden. Den Rucola waschen und trocken tupfen.
2. Öl in einer Pfanne erhitzen, Möhrenstreifen kurz darin anbraten und mit Brühe ablöschen. So lange köcheln lassen, bis die Brühe verkocht ist.
3. Tomaten waschen und vierteln. Möhrentagliatelle würzen und die übrigen Pinienkerne und die Tomaten hinzufügen, kurz mit andünsten. Rucola unterheben und zusammen mit der Pinienkern-Parmesan-Mischung servieren.

129. Folienkartoffeln mit Couscous-Füllung

Zutaten für 1 Portion:

- 1 große Kartoffel (festkochend)
- 40 g Kirschtomaten
- 30 g Couscous
- 60 g Spinat
- 120 g Vollmilchjoghurt
- 30 g Emmentaler (gerieben)
- 100 g Möhren
- 1 Lauchzwiebel
- 1 EL Olivenöl
- 25 g Gurke
- Salz, Pfeffer

Nährwertangaben pro Portion:

- Kalorien: 630 kcal
- Kohlenhydrate: 86 g
- Fett: 20 g
- Eiweiß: 23 g

Zubereitungszeit: 100–110 Minuten

Zubereitung:

1. Kartoffel in Alufolie einwickeln und im vorgeheizten Backofen bei 200° C Umluft ca. 90 Min. garen. Couscous mit 125 ml kochendem Wasser, Öl und Salz mischen und ziehen lassen. Möhren schälen und fein reiben. Gurke schälen, vierteln und entkernen. Tomaten waschen und vierteln. Lauchzwiebel waschen und in Ringe schneiden. Alles zum Couscous geben und vermischen.
2. Spinat waschen und blanchieren. Anschließend klein schneiden und mit dem Joghurt mischen und würzen. Kartoffel aus dem Ofen nehmen und längs einschneiden. Leicht eindrücken, den Käse hineingeben und etwas schmelzen lassen. Den Couscous-Salat auf die Kartoffel geben, mit der Spinatsoße servieren.

130. Gemüsecurry mit Couscous

Zutaten für 1 Portion:

- 1 Knoblauchzehe
- 100 g Möhren
- 125 g Brokkoli
- ½ rote Paprika
- 50 g Couscous
- 1 Frühlingszwiebel
- 1 TL rote Currypaste
- 100 ml Gemüsebrühe
- 1 EL Öl
- Salz
- Pfeffer
- Curry

Nährwertangaben pro Portion:

- Kalorien: 326 kcal
- Kohlenhydrate: 60,3 g
- Fett: 2,3 g
- Eiweiß: 12,8 g

Zubereitungszeit: 30 Minuten

Zubereitung:

1. Gemüse putzen. Brokkoliröschen abtrennen. Paprika in Streifen schneiden. Möhren schälen und in Scheiben schneiden. Frühlingszwiebel in dünne Ringe schneiden. Knoblauch schälen und sehr fein hacken.
2. In einer Pfanne etwas Öl erhitzen und das Gemüse darin anbraten.
3. Curry und Currypaste dazugeben und verrühren. Mit Salz und Pfeffer abschmecken und mit Gemüsebrühe ablöschen.
4. Die Pfanne von der Herdplatte nehmen und den Couscous einrühren. Zugedeckt 5 Min. quellen lassen.

131. Käse-Couscous-Bratlinge

Zutaten für 1 Portion:

- 80 g Couscous
- 1 Ei
- 40 g geriebener Käse
- Salz
- Pfeffer
- Paprika (edelsüß)
- Kreuzkümmel
- Kurkuma
- 200 ml Gemüsebrühe
- 1 EL Öl

Nährwertangaben pro Portion:

- Kalorien: 512 kcal
- Kohlenhydrate: 51,9 g
- Fett: 8,8 g
- Eiweiß: 28,5 g

Zubereitungszeit: 30 Minuten

Zubereitung:

1. Couscous in eine Schüssel geben, mit Gemüsebrühe übergießen und quellen lassen.
2. Alle übrigen Zutaten außer Öl hinzufügen und kleine Bällchen formen.
3. In einer Pfanne etwas Öl erhitzen und die Bratlinge darin anbraten. Dazu schmeckt ein Salat.

Tipp: Verwenden Sie am besten einen würzigen Käse für die Bratlinge. Dadurch wird ihr Geschmack intensiver.

132. Kartoffel-Spargel-Salat mit roten Zwiebeln

Zutaten für 1 Portion:

- 125 g Kartoffeln
- ½ rote Zwiebel
- 125 g grüner Spargel
- 25 ml Gemüsebrühe
- 1 TL Öl
- ½ TL Senf
- Balsamico
- Salz
- Pfeffer

Nährwertangaben pro Portion:

- Kalorien: 158 kcal
- Kohlenhydrate: 33,4 g
- Fett: 0,7 g
- Eiweiß: 5,9 g

Zubereitungszeit: 60 Minuten

Zubereitung:

1. Kartoffeln mit Schale 25 Min. kochen. Auskühlen lassen, pellen und in Scheiben schneiden.
2. Spargel waschen, jeweils das untere Drittel schälen und das Ende abschneiden. In Stücke schneiden und 8 Min. in etwas Gemüsebrühe kochen.
3. Die Zwiebel in Ringe schneiden und in einer Pfanne mit etwas Öl anbraten.
4. Aus den übrigen Zutaten ein Dressing rühren und alles miteinander zu einem Salat vermengen.

133. Ofenkarotten mit roten Zwiebeln und Kichererbsen

Zutaten für 1 Portion:

- 220 g Möhren
- 2 rote Zwiebeln
- 150 g Kichererbsen (Dose)
- 1 EL Olivenöl
- Kreuzkümmel
- Salz
- Pfeffer
- Paprika (rosenscharf)

Nährwertangaben pro Portion:

- Kalorien: 374 kcal
- Kohlenhydrate: 41,1 g
- Fett: 16,9 g
- Eiweiß: 10,6 g

Zubereitungszeit: 40 Minuten

Zubereitung:

1. Die Möhren schälen und vierteln. Auf eine Hälfte des Backbleches legen, etwas Öl darauf verteilen und mit Salz, Pfeffer und Paprika würzen.
2. Die Zwiebeln ebenfalls vierteln und mit etwas Öl auf der anderen Hälfte des Backbleches verteilen.
3. Kichererbsen in eine Schüssel mit Wasser geben und mit dem Kreuzkümmel mischen.
4. Abgießen und auf die Seite mit den Zwiebeln geben.
5. Im vorgeheizten Backofen 220° C Umluft 20–25 Minuten backen.

134. Blumenkohl-Nuggets

Zutaten für 1 Portion:

- 300 g Blumenkohl
- 1 Ei
- 1 Eiweiß
- ½ rote Zwiebel
- 2 EL Harzer Käse
- etwas gehackte Petersilie

Nährwertangaben pro Portion:

- Kalorien: 227 kcal
- Kohlenhydrate: 8,6 g
- Fett: 6,9 g
- Eiweiß: 29,3 g

Zubereitungszeit: 30–35 Minuten

Zubereitung:

1. Blumenkohl waschen, Röschen abtrennen und ca. 5 Min. kochen.
2. Abtropfen lassen und mit einer Küchenmaschine zerkleinern, aber nicht zu lange, damit kein Mus entsteht.
3. Zwiebel schälen und fein würfeln.
4. Harzer Käse ebenfalls in kleine Würfel schneiden.
5. Alle Zutaten hinzufügen und zu einer glatten Masse vermengen.
6. Aus der Masse kleine Bällchen formen und im vorgeheizten Backofen bei 200° C Umluft 20 Min. backen, zwischendurch wenden.

135. Zucchini-Couscous-Pfanne

Zutaten für 1 Portion:

- 1 Zucchini
- 50 g Couscous
- 1 rote Zwiebel
- 1 rote Paprika
- 50 g Feta
- Salz
- Pfeffer
- 1 EL Olivenöl

Nährwertangaben pro Portion:

- Kalorien: 368 kcal
- Kohlenhydrate: 31,6 g
- Fett: 21 g
- Eiweiß: 12,6 g

Zubereitungszeit: 30 Minuten

Zubereitung:

1. Den Couscous nach Packungsanweisung zubereiten.
2. In der Zwischenzeit Zucchini und Paprika waschen und in kleine Würfel schneiden.
3. Die Zwiebel schälen und in Ringe schneiden.
4. In einer Pfanne etwas Öl erhitzen und Zwiebel und Gemüse darin anbraten.
5. Den Couscous zum Gemüse geben und kurz mit anbraten.
6. Mit Salz und Pfeffer würzen.
7. Den Feta über die Couscous-Pfanne bröseln und servieren.

136. Buchweizen in Kokossoße

Zutaten für 1 Portion:

- 125 g Buchweizen
- 1 Knoblauchzehe
- ½ rote Chili
- ½ rote Paprika
- 10 g Ingwer
- 2 EL Sojasoße
- 160 ml Kokosmilch
- 1 TL Erdnusscreme
- 100 g Zuckerschoten
- 1 EL Öl
- Salz
- Pfeffer

Nährwertangaben pro Portion:

- Kalorien: 690 kcal
- Kohlenhydrate: 50,2 g
- Fett: 48 g
- Eiweiß: 16,8 g

Zubereitungszeit: 25 Minuten

Zubereitung:

1. Buchweizen nach Packungsanweisung zubereiten.
2. Währenddessen Paprika waschen und in kleine Würfel schneiden. In einer Pfanne etwas Öl erhitzen und Paprika darin anbraten.
3. Chili waschen. Den Ingwer und Knoblauch schälen. Alle drei sehr fein hacken und mit zu der Paprika in die Pfanne geben. Anschließend würzen.
4. Kokosmilch, Sojasoße, Erdnusscreme und einen Schluck Wasser hinzufügen und alles gut vermischen. Kurz köcheln lassen. Zuckerschoten waschen und alles 5 Minuten köcheln lassen. Den Buchweizen mit Zuckerschoten und der Kokossoße servieren.

137. Brat-Couscous

Zutaten für 1 Portion:

- 60 g Couscous
- 60 ml Gemüsebrühe
- 2 Möhren
- ½ Paprika
- 2 EL Öl
- 1 Ei
- 2 rote Zwiebeln

Nährwertangaben pro Portion:

- Kalorien: 432 kcal
- Kohlenhydrate: 71,5 g
- Fett: 11,2 g
- Eiweiß: 9,7 g

Zubereitungszeit: 25–30 Minuten

Zubereitung:

1. Den Couscous abgedeckt in der kochenden Gemüsebrühe 10 Min. quellen lassen.
2. In der Zwischenzeit die Möhren schälen und in Scheiben schneiden. Zwiebeln schälen und in dünne Ringe schneiden.
3. Paprika waschen, entkernen und in Streifen schneiden.
4. In einer Pfanne etwas Öl erhitzen und das Gemüse darin andünsten.
5. Den gequellten Couscous hinzufügen und mit dem Gemüse vermischen.
6. Das Ei dazuschlagen und alles nochmals braten.

Tipp: Möhren sind besitzen reichlich Carotin, dem sie auch Ihre Farbe zu verdanken haben. Das darin enthaltene Vitamin A stärkt die Sehfähigkeit.

138. Vegetarisches Chili mit Quinoa

Zutaten für 1 Portion:

- ½ rote Paprika
- 100 g Zucchini
- 20 g Staudensellerie
- ½ Knoblauchzehe
- 50 g Möhre
- ½ Schalotte
- ½ TL Kokosöl
- 20 g gelbe Linsen
- 25 ml Gemüsebrühe
- 40 g geschälte Tomaten
- 50 g Quinoa
- ½ TL Currypulver
- 60 g Kichererbsen
- 1 TL Limettensaft

Nährwertangaben pro Portion:

- Kalorien: 351 kcal
- Kohlenhydrate: 40,3 g
- Fett: 8,3 g
- Eiweiß: 13,8 g

Zubereitungszeit: 30–40 Minuten

Zubereitung:

1. Paprika, Zucchini, Sellerie und Möhre waschen. Paprika entkernen, Möhren schälen, beim Staudensellerie die harten Fasern gründlich abziehen. Anschließend alles in kleine Stücke schneiden. Knoblauch und Schalotte schälen und fein hacken. Anschließend in einer Pfanne das Kokosöl erhitzen und beides darin andünsten.
2. Möhren und Linsen dazugeben und einige Minuten mitdünsten. Restliches Gemüse und Currypulver hinzufügen und mit Brühe und Tomaten ablöschen. 8 Min. zugedeckt köcheln lassen. Quinoa nach Packungsanweisung kochen. Kichererbsen und Limettensaft zum Chili geben und würzen. Quinoa zusammen mit Chili servieren.

139. Linsensalat mit Quark

Zutaten für 1 Portion:

- 35 g Linsen
- ½ Knoblauchzehe
- ½ rote Zwiebel
- 125 ml Gemüsebrühe
- etwas Zitronensaft
- 1 EL Olivenöl
- 100 g Kräuterquark
- 1 Fleischtomate
- Salz
- Pfeffer

Nährwertangaben pro Portion:

- Kalorien: 378 kcal
- Kohlenhydrate: 25 g
- Fett: 21 g
- Eiweiß: 18 g

Zubereitungszeit: 15–40 Minuten

Zubereitung:

1. Die Linsen in der Gemüsebrühe nach Packungsanweisung kochen.
2. Tomate waschen und würfeln.
3. Die Zwiebel und den Knoblauch schälen und fein hacken.
4. Aus Knoblauch, Zwiebel, Salz, Pfeffer, Öl und Zitronensaft ein Dressing mischen.
5. Anschließend die Linsen und die Tomatenstücke untermischen.
6. Den Kräuterquark als Dip dazu servieren.

140. Quinoasalat mit Tofu und Ei

Zutaten für 1 Portion:

- 50 g Quinoa
- 1 Ei
- ½ rote Paprika
- 100 g Tofu
- 1 EL Olivenöl
- 1 EL gehackte Walnüsse
- 2 Frühlingszwiebeln
- ½ Zitrone
- frische Petersilie

Nährwertangaben pro Portion:

- Kalorien: 586 kcal
- Kohlenhydrate: 41 g
- Fett: 32 g
- Eiweiß: 35 g

Zubereitungszeit: 20 Minuten

Zubereitung:

1. Quinoa nach Packungsanweisung kochen.
2. Das Ei 8–10 Min. hart kochen. Kurz abschrecken und mit dem Tofu würfeln.
3. Die Frühlingszwiebeln waschen und in dünne Ringe schneiden. Paprika waschen, entkernen und in Stücke schneiden.
4. Petersilie waschen und hacken. Die Walnüsse ohne Fett anrösten.
5. Die Zitrone auspressen und mit Öl und Petersilie für das Dressing miteinander vermengen.
6. Ei, Tofu, Zwiebeln, Paprika und Quinoa miteinander vermischen und das Dressing darübergießen. Den Salat mit den Walnüssen garnieren.

141. Quinoapfanne mit Ei

Zutaten für 1 Portion:

- 100 g Zucchini
- 50 g Quinoa
- 50 g Feta
- 1 Ei
- 1 TL Olivenöl
- 100 g Kirschtomaten
- 2 rote Zwiebeln
- Salz
- Pfeffer

Nährwertangaben pro Portion:

- Kalorien: 517 kcal
- Kohlenhydrate: 38 g
- Fett: 30 g
- Eiweiß: 27 g

Zubereitungszeit: 25–30 Minuten

Zubereitung:

1. Quinoa nach Packungsanweisung kochen.
2. In der Zwischenzeit Zucchini und Tomaten waschen und in Stücke schneiden. Zwiebeln fein würfeln.
3. Das Öl in einer Pfanne erhitzen und das Gemüse darin anbraten. Alles gut würzen.
4. Den Feta zerbröseln, zusammen mit der Quinoa in die Pfanne geben und alles verrühren.
5. In der Mitte der Pfanne eine kleine Mulde formen und das Ei hineinschlagen und stocken lassen.
6. Die Pfanne für einige Minuten im vorgeheizten Backofen bei 200° C Umluft nachbacken, um sicherzustellen, dass das Ei fest wird.

142. Bratkartoffeln mit grünen Bohnen und Feta

Zutaten für 1 Portion:

- 100 g grüne Bohnen
- 1 Kartoffel
- 150 g Tomaten
- 20 g Feta
- 10 g Oliven
- Thymian
- ½ rote Zwiebel
- 1 TL Öl
- Chili
- Salz
- Pfeffer

Nährwertangaben pro Portion:

- Kalorien: 255 kcal
- Kohlenhydrate: 33,3 g
- Fett: 9,4 g
- Eiweiß: 9,4 g

Zubereitungszeit: 50 Minuten

Zubereitung:

1. Die Zwiebel schälen und fein hacken. In einer Pfanne etwas Öl erhitzen und die Zwiebel darin andünsten.
2. Die Kartoffel waschen, in dünne Scheiben schneiden und mit in die Pfanne geben.
3. Bohnen waschen, Enden abschneiden und ebenfalls mit in die Pfanne geben. Alles zusammen 10 Min. zugedeckt garen.
4. Die Tomaten waschen, grob zerteilen und auch dazugeben.
5. Mit Thymian und Chili würzen und alles ca. 30 Min. garen. Gegen Ende Feta und Oliven dazugeben.

143. Weiße Bohnensuppe

Zutaten für 1 Portion:

- 125 g weiße Bohnen (getrocknet)
- 1 rote Zwiebel
- 2 Kartoffeln
- 1 Möhre
- ¼ Knolle Sellerie
- ¼ Stange Lauch
- 1 EL Olivenöl
- 1 EL Tomatenmark
- 1,5 l Wasser
- Salz, Pfeffer

Nährwertangaben pro Portion:

- Kalorien: 521 kcal
- Kohlenhydrate: 82,4 g
- Fett: 10,8 g
- Eiweiß: 18,1 g

Zubereitungszeit: 2 Stunden (+ 1 Nacht Einweichzeit)

Zubereitung:

1. Bohnen über Nacht in kaltem Wasser einweichen. Die Bohnen gründlich abspülen. Anschließend in 750 ml Wasser 90 Min. kochen.
2. Die Zwiebel schälen und fein würfeln. Die Kartoffeln und den Sellerie schälen und ebenfalls in Würfel schneiden. Den Knoblauch pressen. Möhre und Lauch waschen und in dünne Scheiben schneiden.
3. Öl in einer Pfanne erhitzen und den Knoblauch, die Zwiebel und den Lauch darin andünsten. Anschließend das restliche Gemüse und das Tomatenmark hinzufügen und kurz mitbraten.
4. Das restliche Wasser dazugeben und die Suppe gut würzen. 15 Min. köcheln lassen und die Bohnen hinzufügen. Weitere 10 Min. ziehen lassen und servieren.

144. Buchweizen-Pfanne mit grünen Bohnen und Paprika

Zutaten für 1 Portion:

- 40 g Buchweizen
- ½ rote Paprika
- 100 g Kirschtomaten
- 120 g Kichererbsen (Dose)
- 150 g Kidneybohnen (Dose)
- 40 g grüne Bohnen
- 1 EL Öl
- Saft einer halben Zitrone
- ½ rote Zwiebel
- ½ Knoblauchzehe
- Salz
- Pfeffer

Nährwertangaben pro Portion:

- Kalorien: 547 kcal
- Kohlenhydrate: 87,3 g
- Fett: 4,3 g
- Eiweiß: 27,5 g

Zubereitungszeit: 35–40 Minuten

Zubereitung:

1. Den Buchweizen nach Packungsanweisung kochen. Die grünen Bohnen waschen und ca. 6–8 Min. in Salzwasser kochen.
2. Die Paprika waschen, entkernen und in Würfel schneiden. Die Tomaten waschen und vierteln. Die Kichererbsen und Kidneybohnen abgießen und abspülen. Zwiebeln und Knoblauch schälen und sehr fein würfeln. In einer Pfanne etwas Öl erhitzen und Paprika, Bohnen und Kichererbsen darin anbraten.
3. Knoblauch und Zwiebeln dazugeben und andünsten. Buchweizen untermischen. Die Tomaten dazugeben und einige Minuten ziehen lassen. Etwas Zitronensaft hinzufügen und alles gut würzen.

145. Asiatische Bohnen-Tofu-Pfanne

Zutaten für 1 Portion:

- 150 g grüne Bohnen
- 150 g Kartoffeln
- 100 g Tofu
- 175 ml Wasser
- 1 EL Erdnussöl
- 1 EL Sojasoße
- 1 TL Yaconsirup
- 1 TL Sesamöl
- 1 TL geriebener Ingwer
- ½ TL Misopaste
- etwas Algenpulver
- etwas Kartoffelstärke

Nährwertangaben pro Portion:

- Kalorien: 378 kcal
- Kohlenhydrate: 40 g
- Fett: 16 g
- Eiweiß: 17 g

Zubereitungszeit: 50 Minuten

Zubereitung:

1. Das Erdnussöl in einer Pfanne erhitzen. Kartoffeln waschen, zusammen mit dem Tofu würfeln und in der Pfanne einige Minuten anbraten.
2. Bohnen waschen und Enden abschneiden.
3. Alles aus der Pfanne nehmen und die Bohnen darin erhitzen. Mit Wasser ablöschen und 5 Min. köcheln lassen.
4. Alle Zutaten bis auf die Stärke hinzufügen und verrühren.
5. Die Stärke unterrühren und alles aufkochen lassen. Tofu und Kartoffeln dazugeben und gut würzen.

146. Bulgursalat mit grünen Bohnen

Zutaten für 1 Portion:

- 1 Schalotte
- 1 TL Olivenöl
- 50 g Bulgur
- 125 ml Gemüsebrühe
- 50 g grüne Bohnen
- 30 g Zuckerschoten
- 1 Msp. Natron
- 20 g Cashewkerne
- 1 TL Zitronensaft
- 30 g Crème Fraîche
- Chiliflocken
- Salz
- Pfeffer

Nährwertangaben pro Portion:

- Kalorien: 558 kcal
- Kohlenhydrate: 63,7 g
- Fett: 24,2 g
- Eiweiß: 16,7 g

Zubereitungszeit: 30–35 Minuten

Zubereitung:

1. Die Schalotte schälen und fein würfeln. Öl in einem Topf erhitzen und Bulgur und die Hälfte der Schalottenwürfel darin anrösten. Mit Gemüsebrühe ablöschen und 15–20 Min. quellen lassen.
2. Währenddessen die Zuckerschoten und Bohnen putzen und beides in Natron-Salzwasser bissfest garen, die Bohnen 7 Min. und die Zuckerschoten 2 Min. lang. Die Cashewkerne grob hacken und in einer Pfanne anrösten. Zuckerschoten und Bohnen grob zerkleinern.
3. Die restlichen Schalotten mit Zitronensaft, Crème Fraîche und Gewürzen pürieren. Mit Bulgur, Cashews, Zuckerschoten und Bohnen vermischen und servieren.

147. Grünkohl-Quinoa-Buletten

Zutaten für 1 Portion:

- 200 g Grünkohl
- ½ rote Zwiebel
- 1 Möhre
- 60 g Quinoa
- 1 EL Vollkorn-Paniermehl
- 1 EL Butterschmalz
- 1 TL Haferflocken
- 1 Ei
- Salz
- Pfeffer

Nährwertangaben pro Portion:

- Kalorien: 493 kcal
- Kohlenhydrate: 53,7 g
- Fett: 19,4 g
- Eiweiß: 21,6 g

Zubereitungszeit: 40–45 Minuten

Zubereitung:

1. Die Zwiebel schälen und sehr fein hacken. Etwas Butterschmalz in einer Pfanne erhitzen und die Zwiebeln darin anschwitzen.
2. Den Grünkohl waschen, dazugeben und 10 Min. andünsten. Die Möhre waschen, fein reiben und hinzufügen.
3. Quinoa in einen Topf geben und 15 Min. kochen. Abgießen und kurz abkühlen lassen.
4. Alle Zutaten mit Ausnahme des restlichen Butterschmalzes in einer Schüssel vermischen. Aus der Masse kleine Bällchen formen.
5. In einer Pfanne das Butterschmalz erhitzen und die Bällchen darin anbraten.

148. Gebratene Gnocchi mit Grünkohl

Zutaten für 1 Portion:

- 100 g Grünkohl
- 200 g Gnocchi
- 1 TL Pinienkerne
- ½ rote Zwiebel
- ½ rote Pfefferschote
- 15 g Butter
- 1 TL Rosinen
- 1 EL Olivenöl
- Salz
- Pfeffer

Nährwertangaben pro Portion:

- Kalorien: 696 kcal
- Kohlenhydrate: 78 g
- Fett: 33 g
- Eiweiß: 14 g

Zubereitungszeit: 30 Minuten

Zubereitung:

1. Die Pinienkerne in einer Pfanne ohne Öl rösten.
2. Den Grünkohl waschen und in feine Streifen schneiden.
3. Gnocchi nach Packungsanweisung kochen und abgießen.
4. Die Zwiebel schälen und fein würfeln. Pfefferschote waschen, längs halbieren, entkernen und in Streifen schneiden.
5. Öl und Butter in einer Pfanne schmelzen und Grünkohl, Pfefferschote und Zwiebel darin andünsten.
6. Nach 5 Min. die Rosinen und Gnocchi hinzufügen und einige Minuten mitbraten. Alles würzen, mit den Pinienkernen garnieren und servieren.

149. Brokkoli-Süßkartoffel-Salat

Zutaten für 1 Portion:

- 150 g Brokkoli
- 150 g Süßkartoffel
- 2 EL Granatapfelkerne
- 50 g gekochte Linsen (Dose)
- 20 g Babyspinat
- 30 g Gurke
- ½ Avocado
- 60 g Kirschtomaten
- 1 EL gehackte Walnüsse
- 1 TL Olivenöl
- 1 TL Agavendicksaft
- ½ Limette
- Salz, Pfeffer

Nährwertangaben pro Portion:

- Kalorien: 450 kcal
- Kohlenhydrate: 56 g
- Fett: 17 g
- Eiweiß: 14 g

Zubereitungszeit: 25–30 Minuten

Zubereitung:

1. Brokkoli waschen und Röschen abtrennen. Süßkartoffel schälen und würfeln. Beides zusammen ca. 10 Min. in leicht gesalzenem Wasser kochen. Die Linsen in einem Sieb abspülen. Spinat waschen und trocken tupfen. Tomaten waschen und halbieren, die Gurke waschen und in Scheiben schneiden. Die Limette auspressen. Die Avocado schälen und das Fruchtfleisch in dünne Scheiben schneiden.
2. Süßkartoffel-Brokkoli-Mischung abgießen. Limettensaft und Agavendicksaft mit Salz und Pfeffer vermischen.
3. Alle Zutaten in einer Schüssel vermischen und mit Walnüssen und Granatapfelkernen garnieren.

150. Paprika-Putengeschnetzeltes in Champignon-Sahnesoße

Zutaten für 1 Portion:

- 125 g Putengeschnetzeltes
- 50 g Schinkenwürfel
- 100 g Champignons
- ½ Zwiebel
- ½ Knoblauchzehe
- 1 rote Paprika
- 1 EL Öl
- 1 TL Tomatenmark
- 50 g Schmand
- 50 ml Sahne
- Curry
- Salz
- Pfeffer

Nährwertangaben pro Portion:

- Kalorien: 522 kcal
- Kohlenhydrate: 11,3 g
- Fett: 31 g
- Eiweiß: 48 g

Zubereitungszeit: 20 Minuten

Zubereitung:

1. Zwiebel und Knoblauch schälen und fein hacken. Etwas Öl in eine Pfanne geben und glasig dünsten. Das Geschnetzelte hinzufügen und alles anbraten, anschließend würzen. Champignons putzen und in Scheiben schneiden. Paprika waschen, entkernen, in Streifen schneiden und zusammen mit Champignons und Schinkenwürfeln in die Pfanne geben und anbraten.

2. Mit Sahne ablöschen und das Tomatenmark einrühren, kurz aufkochen lassen und Schmand hinzufügen. So lange rühren, bis sich der Schmand vollständig aufgelöst hat und servieren.

30-Tage-Ernährungsplan

Bevor Sie sich an Ihre 30-Tage-Sirtfood-Ernährung wagen, noch ein kleiner Hinweis: Lesen Sie aufmerksam den Text „Ablauf der Diät“ durch. Dort finden Sie alles, was Sie über die Ernährung wissen müssen.

Gemäß der Sirtfood-Diät nehmen Sie in den ersten drei Tagen, bis auf eine Hauptmahlzeit, ausschließlich Säfte und Smoothies zu sich.

Ab Tag vier gibt es täglich zwei Säfte und zwei Hauptmahlzeiten, die zusammen nicht mehr als 1.500 kcal haben.

Ab Tag acht beginnt die Phase, in der Sie Ihre Ernährung wieder nahezu normalisieren. Säfte sind kein Muss mehr und können gerne als Snack zwischendurch getrunken werden, nicht mehr als Hauptmahlzeit. Diese Phase der Diät ist eher als dauerhafte Ernährungsumstellung anzusehen und kann beliebig lang eingehalten werden, jedoch mindestens eine Woche. Es empfiehlt sich jedoch ein längerer Zeitraum, damit sich der Körper vollständig auf die Ernährungsumstellung einlassen kann.

Außerdem sollten Sie so gut es geht auf Snacks verzichten. Das heißt nicht, dass es komplett verboten ist, aber man sollte nicht jeden Tag noch eine weitere kleine Mahlzeit essen – es sei denn, sie passt in den Kalorienbedarf.

Tag 1

Frühstück

Orangen-Spinat-Saft (Rezept Nr. 3)

Mittag

Apfel-Grünkohl-Zitronen-Saft (Rezept Nr. 5)

Snack

Apfel-Minz-Smoothie (Rezept Nr. 11)

Abendessen

Gefüllte Paprika mit Buchweizen (Rezept Nr. 92)

Gesamtumsatz/Tag

- Kalorien: 1035 kcal
- Kohlenhydrate: 136 g
- Fett: 9,8 g
- Eiweiß: 50 g

Tag 2

Frühstück

Pflaumen-Sellerie-Saft (Rezept Nr. 20)

Mittag

Sellerie-Himbeer-Saft (Rezept Nr. 7)

Snack

Spinat-Ingwer-Saft (Rezept Nr. 23)

Abendessen

Rührei mit Spinat und Schinken (Rezept Nr. 81)

Gesamtumsatz/Tag

- Kalorien: 998 kcal
- Kohlenhydrate: 150,6 g
- Fett: 16 g
- Eiweiß: 55,3 g

Tag 3

Frühstück

Pflaumen-Johannisbeer-Saft (Rezept Nr. 14)

Mittag

Polentaschnitten mit Blumenkohl-Couscous (Rezept Nr. 85)

Snack

Sellerie-Kiwi-Saft (Rezept Nr. 25)

Abendessen

Vitaminbome (Rezept Nr. 29)

Gesamtumsatz/Tag

- Kalorien: 1100 kcal
- Kohlenhydrate: 208,8 g
- Fett: 19,2 g
- Eiweiß: 27,6 g

Tag 4

Frühstück

Quarkkuchen (Rezept Nr. 56)

Mittag

Mango-Blaubeer-Saft (Rezept Nr. 30)

Snack

Knuspermüsli mit Kokosjoghurt (Rezept Nr. 32)

Abendessen

Apfel-Salbei-Saft (Rezept Nr. 28)

Gesamtumsatz/Tag

- Kalorien: 1473 kcal
- Kohlenhydrate: 178,7 g
- Fett: 46,7 g
- Eiweiß: 66,7 g

Tag 5

Frühstück

Vanille-Apfel-Porridge (Rezept Nr. 43)

Mittag

Orangen-Mango-Smoothie mit Spinat (Rezept Nr. 9)

Snack

Rucola-Smoothie mit Sellerie (Rezept Nr. 4)

Abendessen

Kokoshähnchen mit Sellerie Grünkohl-Buchweizen (Rezept Nr. 89)

Gesamtumsatz/Tag

- Kalorien: 1405 kcal
- Kohlenhydrate: 147,9 g
- Fett: 62,3 g
- Eiweiß: 66,9 g

Tag 6

Frühstück

Himbeer-Minz-Saft (Rezept Nr. 13)

Mittag

Brokkoli-Hackfleisch-Pfanne (Rezept Nr. 91)

Snack

Smoothie-Bowl (Rezept Nr. 48)

Abendessen

Spinat-Erdbeer-Smoothie (Rezept Nr. 6)

Gesamtumsatz/Tag

- Kalorien: 1334 kcal
- Kohlenhydrate: 87,2 g
- Fett: 66,6 g
- Eiweiß: 86,7 g

Tag 7

Frühstück

Apfel-Matcha-Saft mit Endiviensalat (Rezept Nr. 15)

Mittag

Hähnchen mit Walnuss-Pesto (Rezept Nr. 76)

Snack

Erdbeer-Matcha-Saft (Rezept Nr. 12)

Abendessen

Schweinelende an Bohnen und Süßkartoffeln (Rezept Nr. 95)

Gesamtumsatz/Tag

- Kalorien: 1519 kcal
- Kohlenhydrate: 162,1 g
- Fett: 55,3 g
- Eiweiß: 83,4 g

Tag 8

Frühstück

Milchreis (Rezept Nr. 75)

Mittag

Zitronen-Zoodles mit Lachs (Rezept Nr. 121)

Abendessen

Folienkartoffeln mit Couscous-Füllung (Rezept Nr. 129)

Snack

30 g Walnüsse

Gesamtumsatz/Tag

- Kalorien: 1784 kcal
- Kohlenhydrate: 161,1 g
- Fett: 91,3 g
- Eiweiß: 91,3 g

Tag 9

Frühstück

Frenchtoast (Rezept Nr. 67)

Mittag

Hähnchen im Spinat-Feta-Bett (Rezept Nr. 96)

Abendessen

Tunesischer Eiweißsalat (Rezept Nr. 100)

Gesamtumsatz/Tag

- Kalorien: 1849 kcal
- Kohlenhydrate: 88,8 g
- Fett: 87,8 g
- Eiweiß: 137,5 g

Tag 10

<u>Frühstück</u>

Schoko-Himbeer-Porridge (Rezept Nr. 40)

<u>Mittag</u>

Gebackenes Schollenfilet mit Spinat (Rezept Nr. 116)

<u>Abendessen</u>

Buchweizen-Gemüse-Pfanne (Rezept Nr. 126)

<u>Zum Abendessen</u>

1 Glas Rotwein (0,2)

<u>Gesamtumsatz/Tag</u>

- Kalorien: 1827 kcal
- Kohlenhydrate: 181,1 g
- Fett: 62,5 g
- Eiweiß: 86,9 g

Tag 11

Frühstück

Himbeer-Pfannkuchen (Rezept Nr. 57)

Mittag

Thunfisch-Omelett (Rezept Nr. 64)

Abendessen

Couscous-Hähnchen-Pfanne (Rezept Nr. 84)

Snack

30 g Mandeln

Gesamtumsatz/Tag

- Kalorien: 1728 kcal
- Kohlenhydrate: 111,4 g
- Fett: 77,5 g
- Eiweiß: 117,1 g

Tag 12

Frühstück

Mandel-Haferbrei mit Blaubeeren (Rezept Nr. 70)

Mittag

Rindersteak mit grünem Spargel (Rezept Nr. 94)

Abendessen

Fischbuletten mit Pak Choi (Rezept Nr. 112)

Gesamtumsatz/Tag

- Kalorien: 1675 kcal
- Kohlenhydrate: 114,6 g
- Fett: 87,8 g
- Eiweiß: 102,9 g

Tag 13

Frühstück

Brot mit Ei und Paprika (Rezept Nr. 53)

Mittag

Thunfischsalat mit Walnüssen (Rezept Nr. 122)

Abendessen

Buchweizen in Kokossoße (Rezept Nr. 136)

Snack

25 g Walnüsse

Gesamtumsatz/Tag

- Kalorien: 1726 kcal
- Kohlenhydrate: 108,7 g
- Fett: 109,1 g
- Eiweiß: 71,2 g

Tag 14

Frühstück

Smoothie-Bowl (Rezept Nr. 48)

Mittag

Hackpfanne mit Kichererbsen (Rezept Nr. 98)

Abendessen

Sesamlachs auf buntem Salat (Rezept Nr. 108)

Gesamtumsatz/Tag

- Kalorien: 1711 kcal
- Kohlenhydrate: 76,4 g
- Fett: 101,8 g
- Eiweiß: 98,6 g

Tag 15

Frühstück

Blaubeer-Pancakes (Rezept Nr. 50)

Mittag

Rotbarsch mit Bohnen und Basilikumschaum (Rezept Nr. 114)

Abendessen

Seelachs mit Zucchininudeln (Rezept Nr. 120)

Gesamtumsatz/Tag

- Kalorien: 1765 kcal
- Kohlenhydrate: 101,8 g
- Fett: 86,3 g
- Eiweiß: 120,6 g

Tag 16

Frühstück

Apfel-Kurkuma-Porridge (Rezept Nr. 49)

Mittag

Quinoapfanne mit Ei (Rezept Nr. 141)

Abendessen

Gebratene Gnocchi mit Grünkohl (Rezept Nr. 148)

Gesamtumsatz/Tag

- Kalorien: 1652 kcal
- Kohlenhydrate: 186,2 g
- Fett: 80,3 g
- Eiweiß: 53,8 g

Tag 17

Frühstück

Champignon-Omelett (Rezept Nr. 44)

Mittag

Hackfleisch-Couscous-Pfanne (Rezept Nr. 83)

Abendessen

Seelachs mit Zucchininudeln (Rezept Nr. 120)

Snack

Vollkornbrot mit Avocado und Spiegelei (Rezept Nr. 46)

Gesamtumsatz/Tag

- Kalorien: 1846 kcal
- Kohlenhydrate: 92,9 g
- Fett: 109,2 g
- Eiweiß: 146,4 g

Tag 18

Frühstück

Haferbrei mit roten Trauben (Rezept Nr. 34)

Mittag

Pfeffersteak mit Brokkoli (Rezept Nr. 97)

Abendessen

Vegetarisches Chili mit Quinoa (Rezept Nr. 138)

Gesamtumsatz/Tag

- Kalorien: 1768 kcal
- Kohlenhydrate: 188,1 g
- Fett: 66,6 g
- Eiweiß: 89,7 g

Tag 19

Frühstück

Sojajoghurt mit Pflaumen und Gojibeeren (Rezept Nr. 35)

Mittag

Gefüllte Paprika mit Buchweizen (Rezept Nr. 92)

Abendessen

Paprika-Putengeschnetzeltes in Champignon-Sahnesoße (Rezept Nr. 150)

Gesamtumsatz/Tag

- Kalorien: 1728 kcal
- Kohlenhydrate: 176,7 g
- Fett: 59,3 g
- Eiweiß: 105,2 g

Tag 20

Frühstück

Ricotta-Pancakes mit Pflaumen (Rezept Nr. 41)

Mittag

Hähnchen-Avocado-Tagliata mit Bohnen (Rezept Nr. 86)

Abendessen

Gedämpfter Zander mit grünen Bohnen (Rezept Nr. 113)

Gesamtumsatz/Tag

- Kalorien: 1722 kcal
- Kohlenhydrate: 99,6 g
- Fett: 87 g
- Eiweiß: 119,3 g

Tag 21

Frühstück

Joghurt mit Beeren und dunkler Schokolade (Rezept Nr. 68)

Mittag

Quinoa-Bowl mit Kokosmilch (Rezept Nr. 73)

Abendessen

Brokkoli-Süßkartoffel-Salat (Rezept Nr. 149)

Snack

30 g Pistazien

Gesamtumsatz/Tag

- Kalorien: 1822 kcal
- Kohlenhydrate: 120,4 g
- Fett: 105,8 g
- Eiweiß: 67,8 g

Tag 22

Frühstück

Buchweizenmüsli mit Beeren (Rezept Nr.31)

Mittag

Couscous-Hähnchen-Pfanne (Rezept Nr. 84)

Abendessen

Vollkornspaghetti mit Lachs (Rezept Nr. 115)

Snack

20 g Mandeln

Gesamtumsatz/Tag

- Kalorien: 1672 kcal
- Kohlenhydrate: 193,4 g
- Fett: 61,1 g
- Eiweiß: 82,8 g

Tag 23

Frühstück

Frühstückspizza (Rezept Nr. 37)

Mittag

Rinderfilet mit Rosenkohl (Rezept Nr. 99)

Abendessen

Grillforelle mit Brokkoli (Rezept Nr. 110)

Snack

Apfel-Grünkohl-Zitronen-Saft (Rezept Nr. 5)

Gesamtumsatz/Tag

- Kalorien: 1752 kcal
- Kohlenhydrate: 90,9 g
- Fett: 79,5 g
- Eiweiß: 146,1 g

Tag 24

Frühstück

Bananen-Pancakes (Rezept Nr. 38)

Mittag

Gebackener Lachs mit Rucolasalat (Rezept Nr. 104)

Abendessen

Gebackene Jakobsmuscheln mit Grünkohl-Kürbis-Gemüse (Rezept Nr. 124)

Snack

Brokkoli-Orangen-Saft (Rezept Nr. 16)

Gesamtumsatz/Tag

- Kalorien: 1624 kcal
- Kohlenhydrate: 103,8 g
- Fett: 91,4 g
- Eiweiß: 118,5 g

Tag 25

Frühstück

Nussquark mit roten Trauben und Himbeeren (Rezept Nr. 45)

Mittag

Spargelpfanne mit Hähnchen (Rezept Nr. 93)

Abendessen

Hähnchen im Spinat-Feta-Bett (Rezept Nr. 96)

Gesamtumsatz/Tag

- Kalorien: 1689kcal
- Kohlenhydrate: 86,8 g
- Fett: 88,6 g
- Eiweiß: 122,5 g

Tag 26

<u>Frühstück</u>

Porridge mit gemischten Beeren (Rezept Nr. 55)

<u>Mittag</u>

Lachs mit Avocado und Kidneybohnen (Rezept Nr. 101)

<u>Abendessen</u>

Ofenkarotten mit roten Zwiebeln und Kichererbsen (Rezept Nr. 133)

<u>Gesamtumsatz/Tag</u>

- Kalorien: 1712 kcal
- Kohlenhydrate: 130,7 g
- Fett: 100,2 g
- Eiweiß: 67,8 g

Tag 27

Frühstück

Overnight-Oats mit Kokos (Rezept Nr. 71)

Mittag

Pfeffersteak mit Brokkoli (Rezept Nr. 97)

Abendessen

Seelachs im Limette-Kokos-Mantel (Rezept Nr. 102)

Zum Abendessen

1 Glas Rotwein (0,2l)

Gesamtumsatz/Tag

- Kalorien: 1838 kcal
- Kohlenhydrate: 136,1 g
- Fett: 77,1 g
- Eiweiß: 105,9 g

Tag 28

<u>Frühstück</u>

Waffeln (Rezept Nr. 74)

<u>Mittag</u>

Thunfischbällchen mit Bohnensalat (Rezept Nr. 107)

<u>Abendessen</u>

Kabeljau mit Brokkoli und Walnüssen (Rezept Nr. 111)

<u>Snack</u>

Schokoküchlein (Rezept Nr. 59)

<u>Gesamtumsatz/Tag</u>

- Kalorien: 1780 kcal
- Kohlenhydrate: 150,5 g
- Fett: 61,9 g
- Eiweiß: 134,5 g

Tag 29

Frühstück

Ricotta-Pancakes mit Pflaumen (Rezept Nr. 41)

Mittag

Gemüsepfanne mit Geflügel (Rezept Nr. 87)

Abendessen

Bulgursalat mit grünen Bohnen (Rezept Nr. 146)

Snack

Griechischer Joghurt mit Haferflocken und Beeren (Rezept Nr. 69)

Gesamtumsatz/Tag

- Kalorien: 1745 kcal
- Kohlenhydrate: 165,6 g
- Fett: 69,7 g

Tag 30

Frühstück

Fruchtquark (Rezept Nr. 65)

Mittag

Rindersteak mit grünem Spargel (Rezept Nr. 94)

Abendessen

Sesamlachs auf buntem Salat (Rezept Nr. 108)

Snack

Erdbeermüsli (Rezept Nr. 47)

Gesamtumsatz/Tag

- Kalorien: 1909 kcal
- Kohlenhydrate: 103,7 g
- Fett: 101,7 g
- Eiweiß: 136,5

Schlusswort

Wir hoffen Ihnen schmecken unsere 150 leckeren und vielfältigen Sirtfood Rezepte und wünschen guten Appetit!

REZEPTE
PROFIS

Weitere Kochbücher von den Rezepte Profis

Suchen Sie nach weiteren leckeren, gesunden Gerichten? Dann empfehlen wir Ihnen unsere anderen Kochbücher mit 150 vielfältigen Rezepten!

https://www.amazon.de/dp/1699682313

Low Carb für Berufstätige: Das Kochbuch mit 150 schnell gemachten leckeren Rezepten! Gesunde Ernährung zum Abnehmen für effektive Fettverbrennung inkl. 30 Tage Ernährungsplan + Nährwertangaben

ISBN-13: 978-1699682319

https://www.amazon.de/dp/1791690777

Smoothies zum Abnehmen: Die 150 besten und leckersten Smoothie Rezepte in einem Buch! Gesund Abnehmen, Entschlacken und Entgiften leicht gemacht, für mehr Energie im Alltag (inkl. Nährwertangaben)

ISBN-13: 978-1791690779

https://www.amazon.de/dp/179783830X
Zuckerfreie Ernährung: Zuckerfrei leben mit den 150 besten zuckerfreien Rezepten für das Kochen ohne Zucker. Zuckersucht beenden durch gesunde Ernährung - Inkl. gesunde Süßigkeiten + Nähwertangaben
ISBN-13: 978-1090155665

--

https://www.amazon.de/dp/1793817952
Low Carb Kochbuch: Die 150 besten Rezepte für eine gesunde Ernährung! Abnehmen ohne Hunger und Fett verbrennen am Bauch leicht gemacht (inkl. 30 Tage Diät Ernährungsplan + Nährwertangaben)
ISBN-13: 978-1793817952

https://www.amazon.de/dp/1090155662

Dampfgarer Kochbuch: Die 150 besten Rezepte für gesundes Dampfgaren. Schonendes Garen mit Dampf im Steamer – Leckere und gesunde Gerichte für die schnelle Küche (inkl. Nähwertangaben)

ISBN-13: 978-1090155665

https://www.amazon.de/dp/1794511075

Vegan Kochbuch: Die 150 besten veganen Rezepte für eine vegetarische und vegane Ernährung. Abnehmen und gesund leben leicht gemacht. Inkl. indisch und asiatisch kochen mit Superfood + Nährwertangaben

ISBN-13: 978-1794511071

https://www.amazon.de/dp/1686031858

Ketogene Ernährung: Das Kochbuch mit 150 leckeren Rezepten für eine effektive Keto Diät. Zuckerfrei gesund abnehmen - Optimal gegen Diabetes und Krebs inkl. 14 Tage Ernährungsplan + Nährwertangaben

ISBN-13: 978-1686031854

https://www.amazon.de/dp/173084751X

Kontaktgrill Rezepte: Das Kochbuch mit 150 Rezepten für den Kontaktgrill! Leckere vielfältige Gerichte und alles, was Sie über den Kontaktgrill wissen müssen (inkl. Nährwertangaben)

ISBN-13: 978-1730847516

https://www.amazon.de/dp/1790589444

Heißluftfritteuse Rezepte: Das Kochbuch mit 150 Rezepten für die Heißluftfritteuse. Leckere vielfältige Gerichte für den Airfryer - Gesund kochen und frittieren ohne Öl (inkl. Nährwertangaben)

ISBN-13: 978-1790589449

https://www.amazon.de/dp/1731340168

Dutch Oven Rezepte: Das Kochbuch mit 150 Rezepten für die Outdoor Küche! Ob draußen beim Camping, am Lagerfeuer oder Zuhause. Mit dem Black Pot einfach und lecker kochen (inkl. Nährwertangaben)

ISBN-13: 978-1731340160

https://www.amazon.de/dp/1070440132

Sous Vide Kochbuch: Die 150 besten Rezepte für das schonende Garen im Vakuum. Perfektes Fleisch, Steak, vegetarische und vegane Gerichte für maximalen Geschmack und gesunde Ernährung + Nährwertangaben

ISBN-13: 978-1070440132

https://www.amazon.de/dp/1702182126/

Ketogene Ernährung Vegetarisch: Vegetarisches Kochbuch mit 150 leckeren ketogenen Rezepten für eine erfolgreiche Keto Diät. Zuckerfrei gesund abnehmen inkl. 14 Tage Ernährungsplan + Nährwertangaben

ISBN-13: 978-1702182126

https://www.amazon.de/dp/1672169542
Plätzchen Backbuch: Kekse backen mit den 150 leckersten und kreativsten Rezepten! Cookies, Biscuits, Weihnachtskekse, Shortbread und vieles mehr! Köstliche Süßigkeiten für jeden Anlass und Jahreszeit
ISBN-13: 978-1672169547

https://www.amazon.de/dp/1658561007
Mediterrane Küche Kochbuch: 150 Rezepte für eine leckere gesunde Ernährung mit der Mittelmeer-Diät. Von Fisch und Fleisch bis vegetarisch und vegan - Italienische Küche bis Marokko + Nährwertangaben
ISBN-13: 978-1658561006

https://www.amazon.de/dp/B0848P31T4

Muskelaufbau Kochbuch: Die 150 besten Fitness Rezepte für ein optimales Krafttraining und gesunde Ernährung. Effektives Bodybuilding & Fettverbrennung mit 30 Tage Ernährungsplan + Nährwertangaben

ISBN-13: 979-8604649688

https://www.amazon.de/dp/B0884CHYQQ

Babybrei Rezepte Kochbuch: Babynahrung selbst gemacht mit 150 nahrhaften und leckeren Rezepten für ein gesundes Aufwachsen. Das Beikost Rezeptbuch für eine vielseitige Baby Ernährung im ersten Jahr

ISBN-13: 979-8642839188

https://www.amazon.de/dp/B0884CHYQQ

Babybrei Rezepte Kochbuch: Babynahrung selbst gemacht mit 150 nahrhaften und leckeren Rezepten für ein gesundes Aufwachsen. Das Beikost Rezeptbuch für eine vielseitige Baby Ernährung im ersten Jahr

ISBN-13: 979-8642839188

https://www.amazon.de/dp/B08MVWRCC5

Cocktail Rezepte Buch: Die 150 leckersten Cocktails für jeden Anlass und Geschmack! Gin, Whiskey, Caipirinha, alkoholfrei und mehr – Perfekte Drinks ganz einfach zu Hause mixen

ISBN-13: 979-8560800949

https://www.amazon.de/dp/B08PJGB37L

Brot Backbuch: Das Buch mit den 150 besten Rezepten zum Brot backen, Brötchen, Süßes und Low Carb. Kreative Kreationen mit und ohne Hefe, Sauerteig und Brotbackautomat – Inkl. Nährwertangaben

ISBN-13: B08PJGB37L

Rechtliches

Impressum

Rezepte Profis wird vertreten durch:

Noma Commerce GmbH
Stresemannstraße 84
22769 Hamburg

Coverbilder:
Jacek Chabraszewski, Romariolen, Ekaterina Kondratova, New Africa | shutterstock.com

Haftung für externe Links

Das Buch enthält Links zu externen Webseiten Dritter, auf deren Inhalt der Autor keinen Einfluss hat. Deshalb kann für die Inhalte externer Inhalte keine Gewähr übernommen werden. Für die Inhalte der verlinkten Webseiten ist der jeweilige Anbieter oder Betreiber der Webseite verantwortlich. Die verlinkten Seiten wurden zum Zeitpunkt der Verlinkung auf mögliche Rechtsverstöße überprüft. Rechtswidrige Inhalte waren zum Zeitpunkt der Verlinkung nicht erkennbar. Eine permanente inhaltliche Kontrolle der verlinkten Webseiten ist jedoch ohne konkrete Anhaltspunkte einer Rechtsverletzung nicht zumutbar. Bei Bekanntwerden von Rechtsverletzungen werden derartige Links umgehend entfernt.

Printed in Poland
by Amazon Fulfillment
Poland Sp. z o.o., Wrocław

75091586R00121